①

前言

「w」開頭的英文單字有：世界、戰爭、勝利、太棒了、我們等等。
這個故事也將會圍繞著各個不同意義的「w」，希望大家能夠細細品嚐。

《w》能夠單行本化，都要感謝各位讀者的支持，大家在連載上的指教與鼓勵，我都銘記在心。

《w》是個長篇故事，有許多我想要表達的事情，還請各位繼續期待之後的發展，我自己也很期待更多新角色的出現，到時候一定會很熱鬧的！

總之，還請各位繼續多多指教了！

目錄

第1話

先逃跑再說

咦？我怎麼會從樓頂摔下來？該死，新買的手機從口袋掉出來了，希望別就這樣摔壞了。
不過，為什麼我的手機桌布要放這個看似是遺跡的照片？
我對遺跡倒沒有什麼特別的興趣，那究竟是為什麼呢？
我好像快死了，我常常在想，說不定現在的我死了，還會有另一個我誕生，這也只是我的胡思亂想啦。

嗚哇！
怎麼了？沃夫？
只是作了個夢。
是好天氣呢。
是啊！
該去打獵了！
話說我剛才夢到我從大樓上掉下去。
……大樓？

奇怪？大樓是什麼？
大樓很高。
是野獸嗎？
不太清楚。
哈哈！
你該多睡一會兒。
你覺得我們所處的世界是真實的嗎？
我的飢餓感倒是挺真實的。
確實！
！
那是什麼？
一塊石頭？

真美！
這該不會又是獸族給我們設下的陷阱吧？
畢竟我這輩子都還沒看過這麼美麗的石頭！
不過就是一塊石頭！
我們得要凡事多加留意啊！

!!
或許下一秒，獸族就撲上來了！
所以我們現在應該要躲回基地嗎？
我知道我們才剛經歷過那樣恐怖的事情！
但你這個只會逃跑的傢伙有什麼害怕的資格！
抱歉，
我不會再說了。

!
獸族來了！
!!
WOOOO!

摩提！摩提啊！
咕嗚！！！！！！
！
？

嗚吼吼吼！！
BOOM!!!
BOOM!!
女人？
!!!
先逃跑再說！
WOLF
RUN!
我又逃跑了！
摩提啊！

第2話　巫師

巫師：

據說是在這個未知世界中擁有強大法力的人類，
不過他的真面目為何，至今還無從得知。

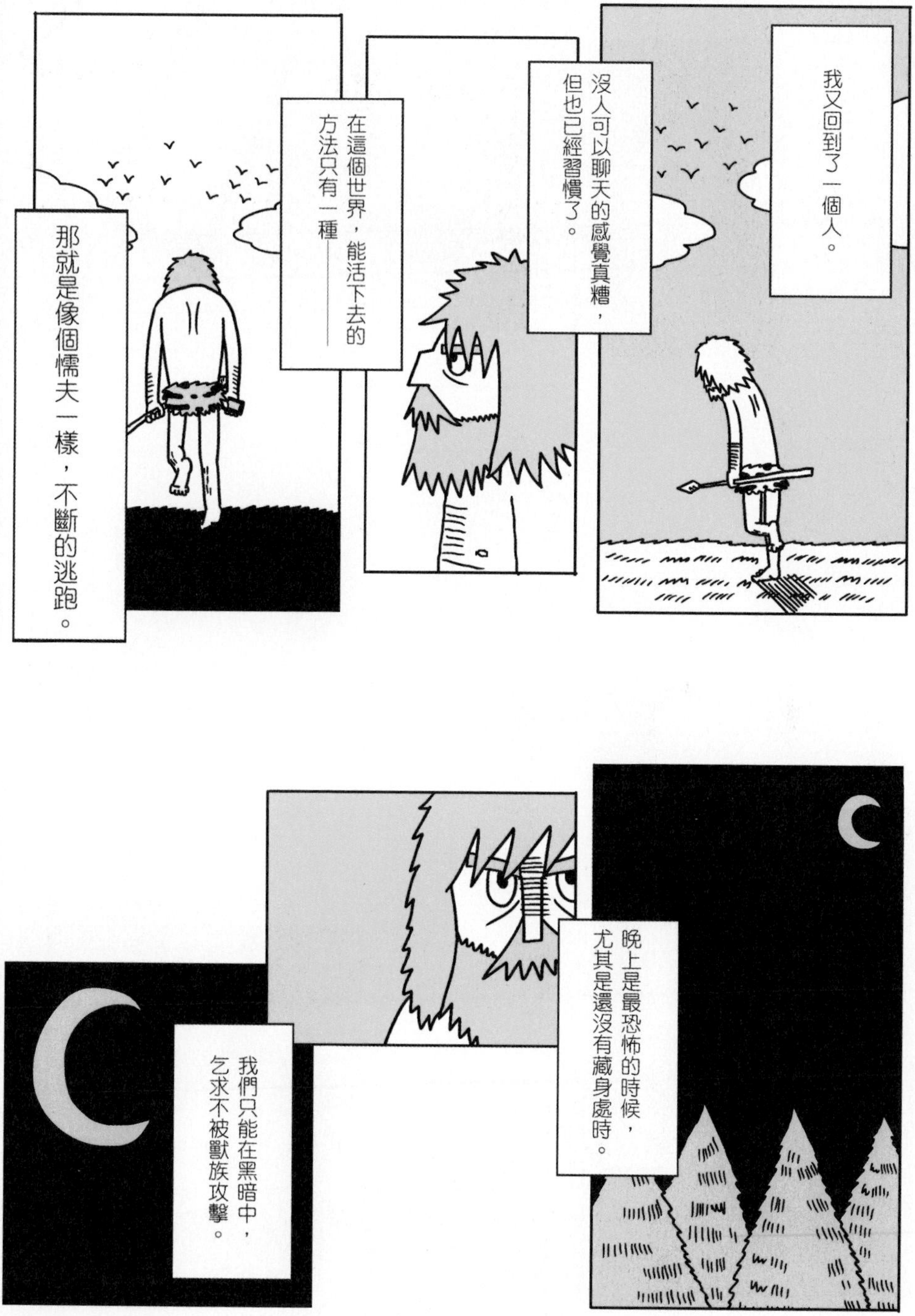
我又回到了一個人。
沒人可以聊天的感覺真糟，但也已經習慣了。
在這個世界，能活下去的方法只有一種——
那就是像個懦夫一樣，不斷的逃跑。
晚上是最恐怖的時候，尤其是還沒有藏身處時。
我們只能在黑暗中，乞求不被獸族攻擊。

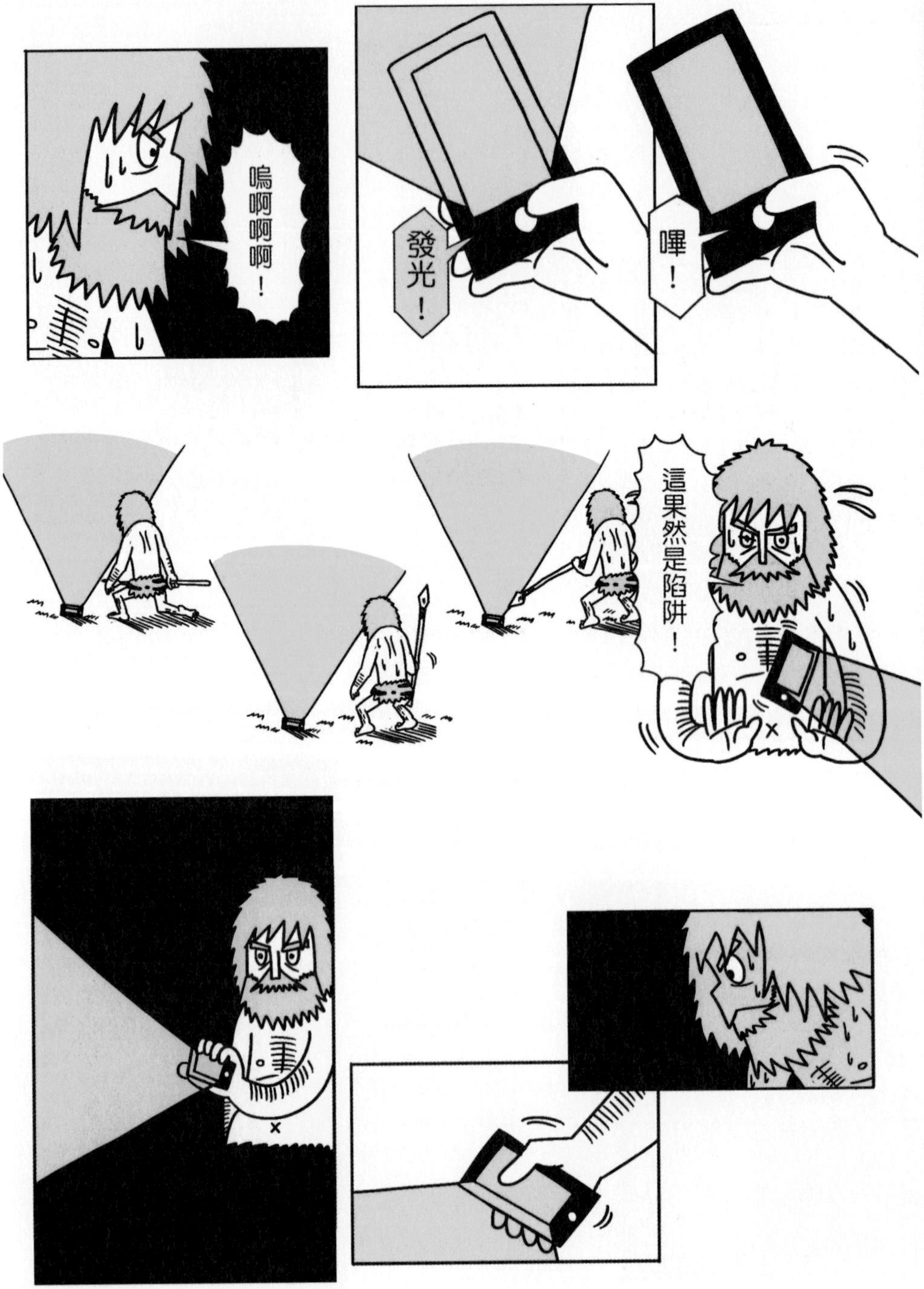
嗶！
發光！
嗚啊啊啊！
這果然是陷阱！

這大概是某種會發光的陷阱，在黑暗中吸引獸族。
這道光到底是？
即使如此，我還是忍不住注視著這道神奇的光芒。
或許，就這樣被獸族發現，讓他們攻擊也好，這樣一來就永遠都不用再逃跑了。
我出生於一個平凡的山洞。
父母在我出生後沒多久就被獸族殺害了。
從小到大，我就不斷在逃跑，而且開溜的速度非常快。
WOLF RUN!!!
以前的朋友們還給我取了個「奔跑沃夫」的綽號。

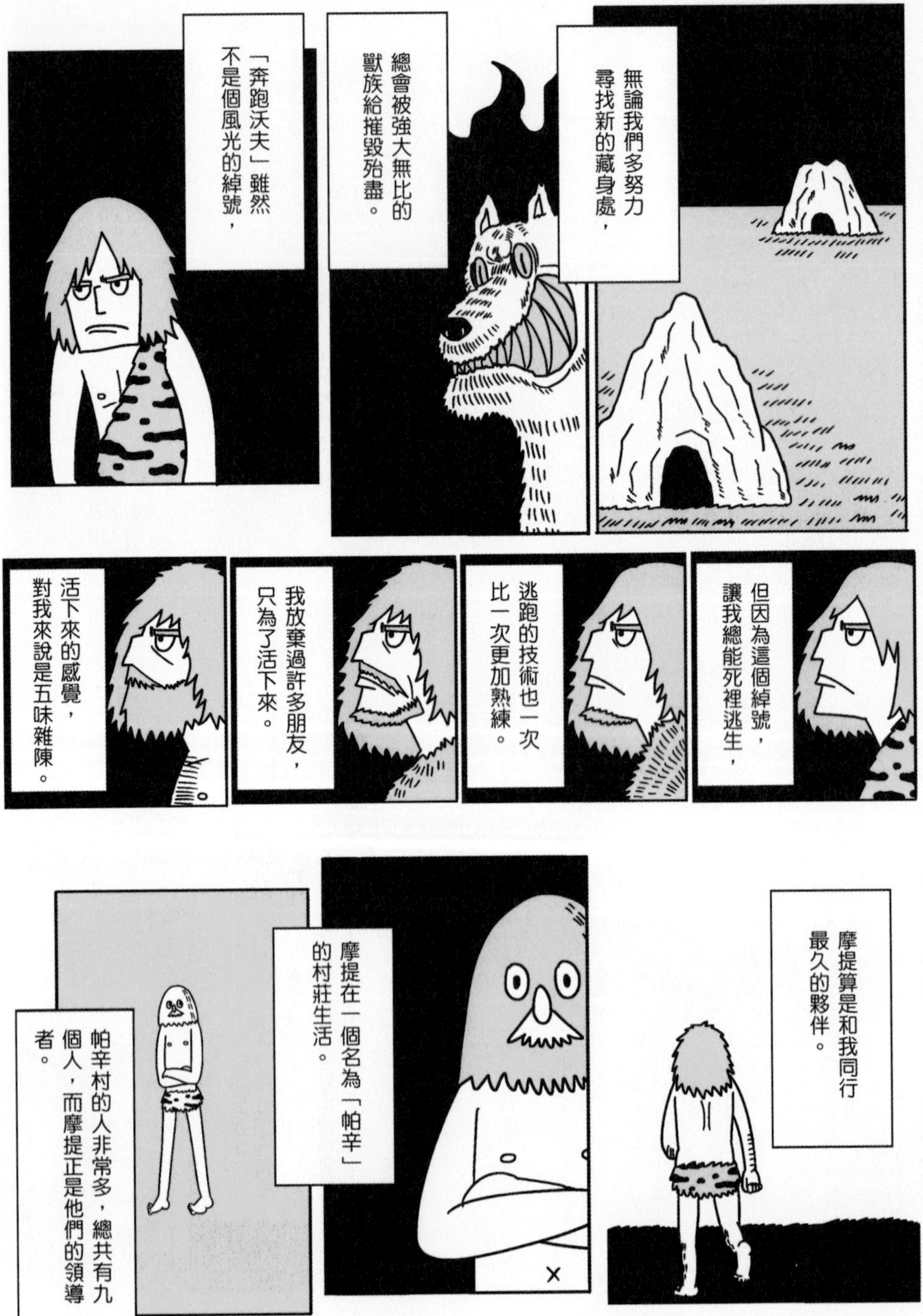
無論我們多努力尋找新的藏身處，
總會被強大無比的獸族給摧毀殆盡。
「奔跑沃夫」雖然不是個風光的綽號，
但因為這個綽號，讓我總能死裡逃生，
逃跑的技術也一次比一次更加熟練。
我放棄過許多朋友，只為了活下來。
活下來的感覺，對我來說是五味雜陳。
摩提算是和我同行最久的夥伴。
摩提在一個名為「帕辛」的村莊生活。
帕辛村的人非常多，總共有九個人，而摩提正是他們的領導者。

但在沒多久前，帕辛還是被獸族發現了。
眼看著村民都死光了，摩提憤怒的把獸族殺死，而我當然只會逃。
就這樣，只剩下我們兩個人相依為命，當然摩提並沒有責怪我只會逃命。
後來，我們找到一座很奇妙的山，那座山並不像一般的山。
那座山無比的堅固。

山洞裡有座雕像，雕像上刻了個符號，
W
這符號像是隻老鷹。
山洞裡並沒有想像中寬敞，但也足夠讓我和摩提在這邊好好生活了。
直到剛才，獸族突然的襲擊，讓我失去了摩提。
WOLF RUN!
但是比起摩提，我更害怕自己受到傷害。

這道光彷彿是在告訴我，
我是個極為自私的懦夫。
不知道為什麼，這塊石頭
上刻著那座山的模樣。
或許這塊石頭正在指引
著我，我也不太清楚。
啪沙沙沙
！
出現
看您使出能發光的魔法，
您一定是個巫師！
……
上天讓在下遇見您，一定不
是偶然！既然如此，在下有
事相求！請您——

請您來拯救我們的村莊吧！
!!!

第3話　您真厲害啊！

獸族：

充斥在這個未知世界上的強大野獸，
人類最大的天敵。

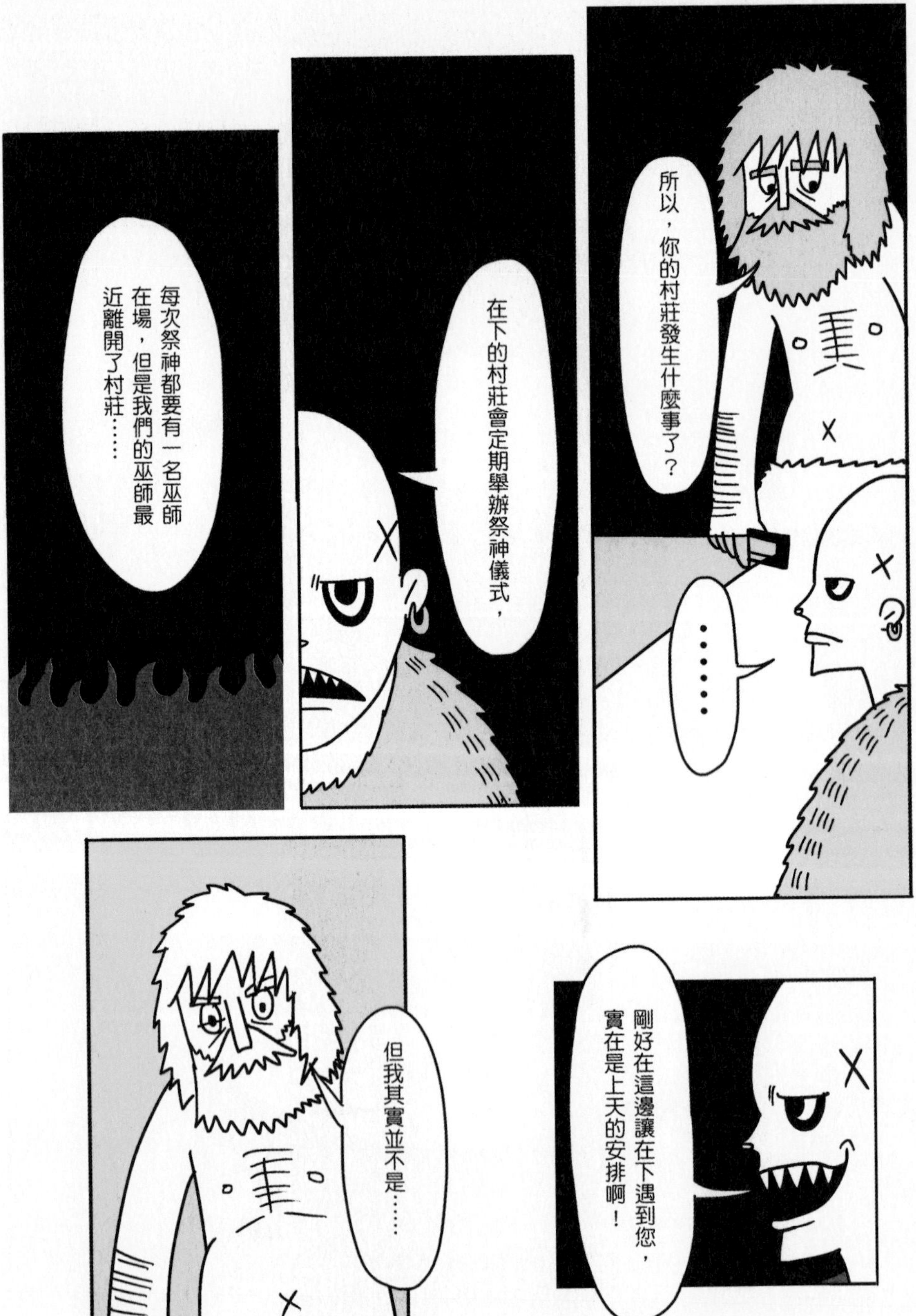
所以，你的村莊發生什麼事了？
……
在下的村莊會定期舉辦祭神儀式，
每次祭神都要有一名巫師在場，但是我們的巫師最近離開了村莊……
剛好在這邊讓在下遇到您，實在是上天的安排啊！
但我其實並不是……

沙沙沙沙……
?
快逃啊！
!!WOOooo…
!

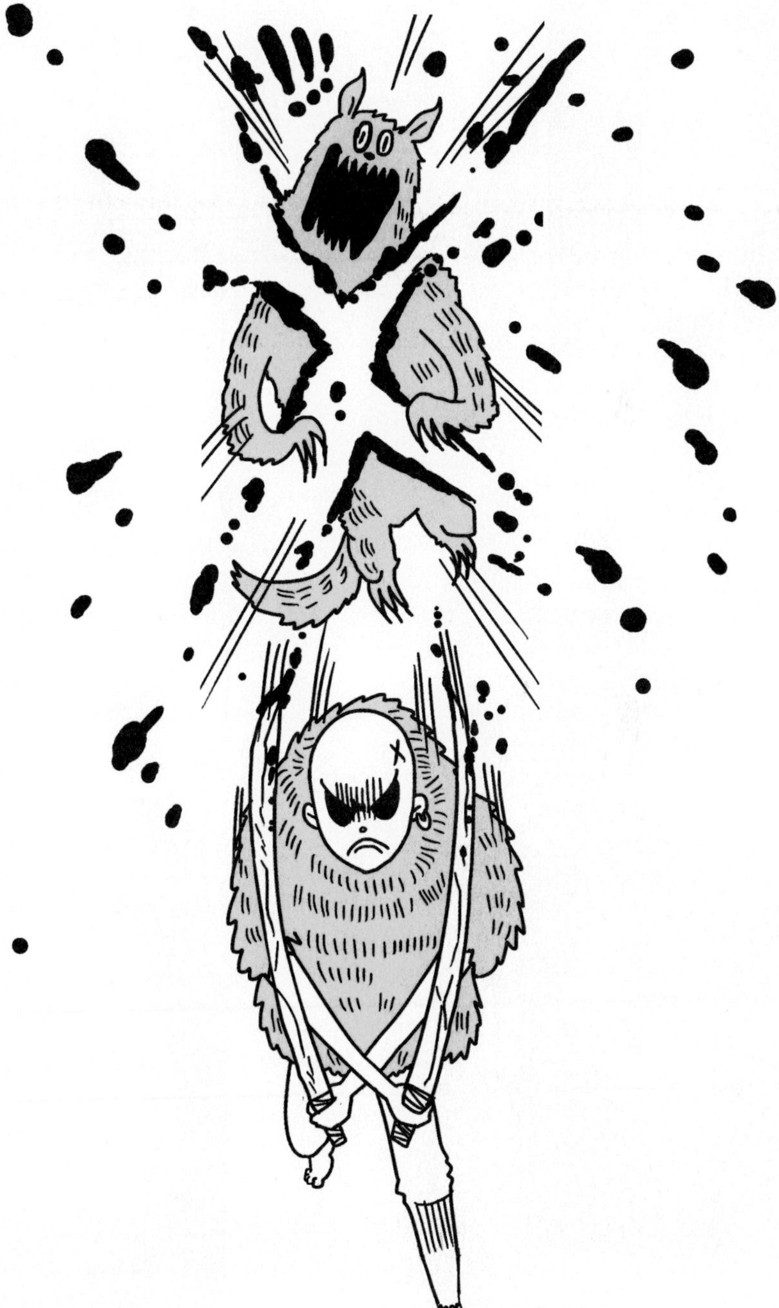

!!
嗯……
巫師大人，您真是的！還特地讓在下有表現的機會，真是太客氣了！
不！你誤會了……
啪擦！
好像踩到了什麼東西……

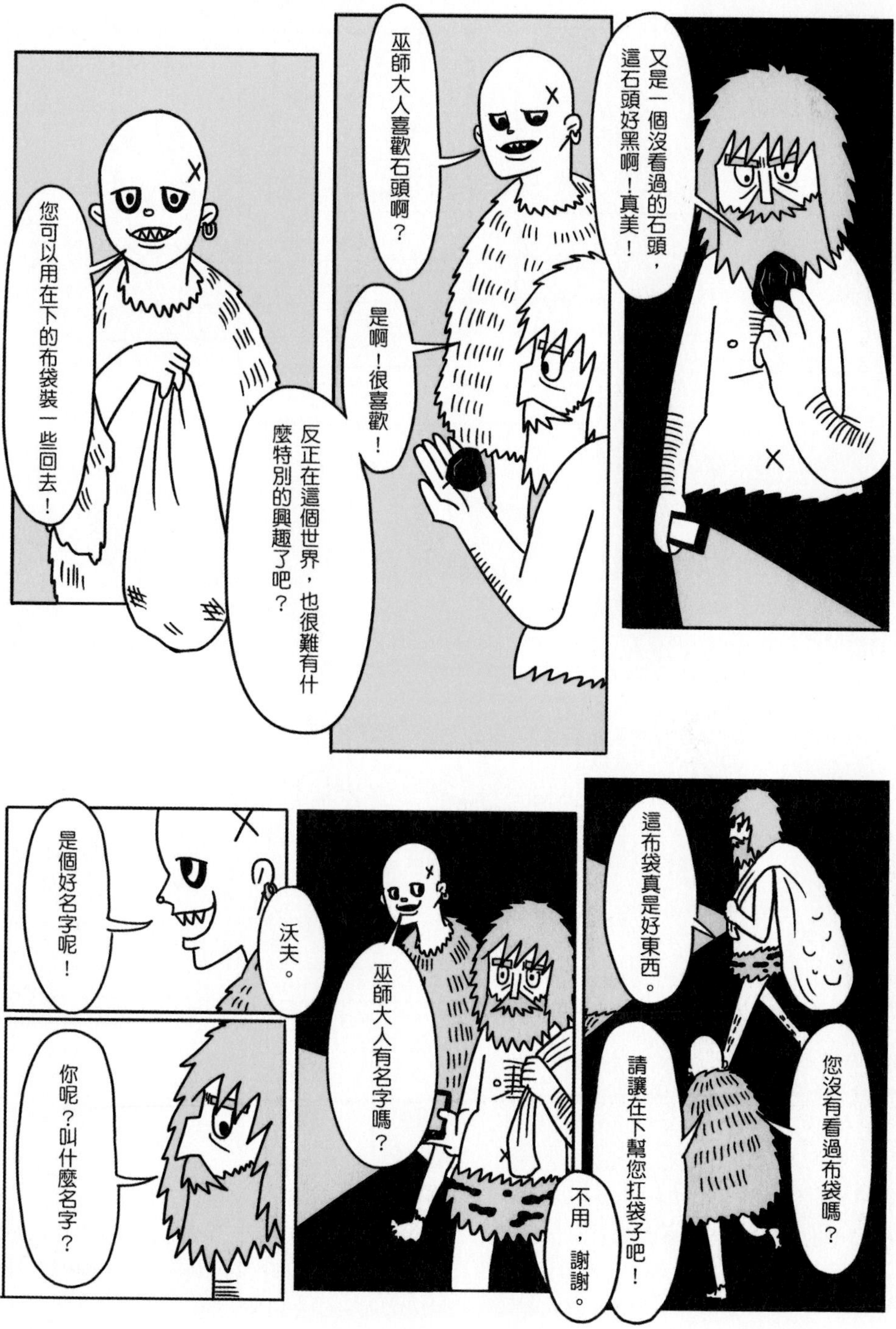
又是一個沒看過的石頭，
這石頭好黑啊！真美！
巫師大人喜歡石頭啊？
是啊！很喜歡！
反正在這個世界，也很難有什麼特別的興趣了吧？
您可以用在下的布袋裝一些回去！
這布袋真是好東西。
您沒有看過布袋嗎？
請讓在下幫您扛袋子吧！
不用，謝謝。
巫師大人有名字嗎？
沃夫。
是個好名字呢！
你呢？叫什麼名字？

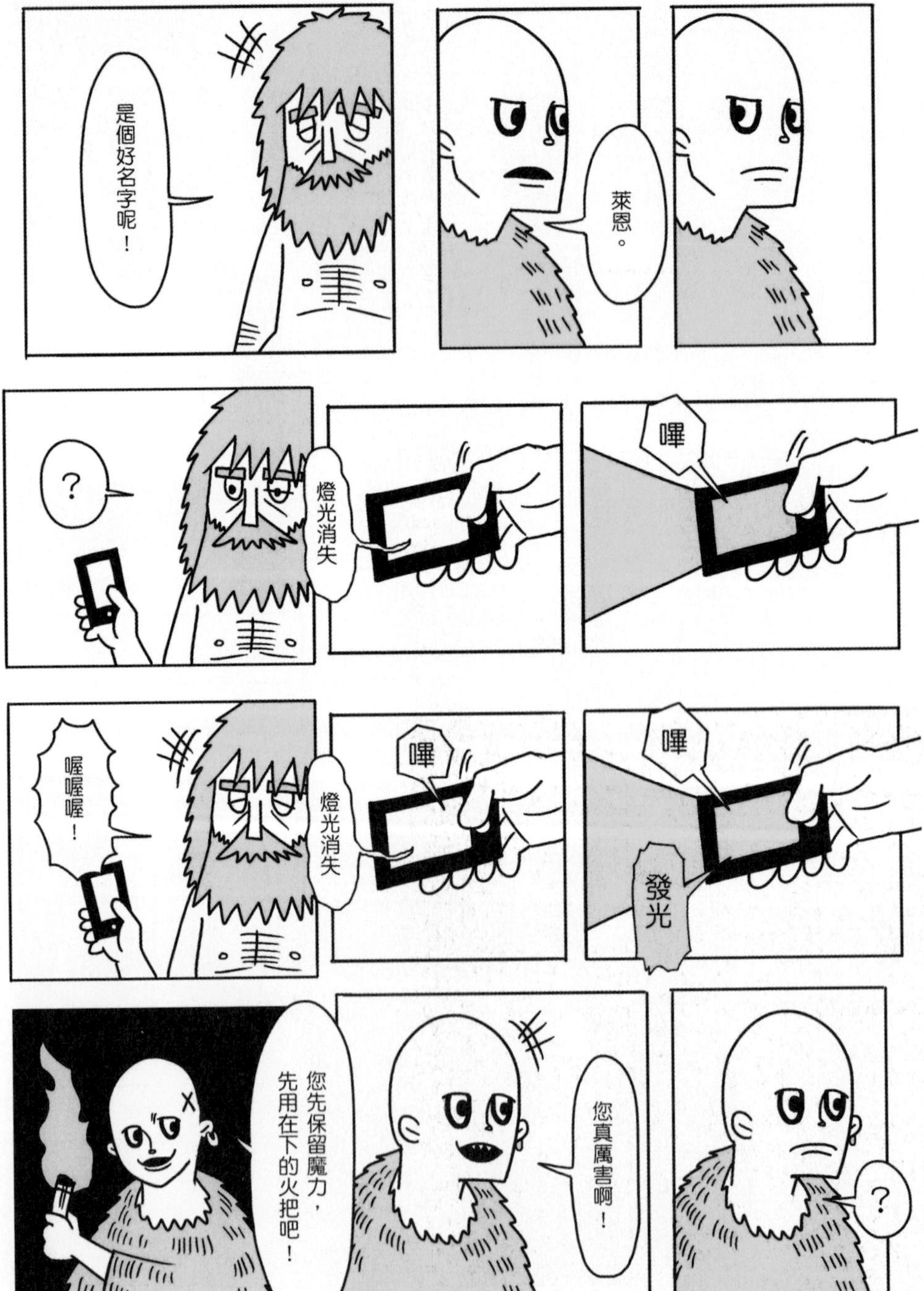

萊恩。
是個好名字呢！
嗶
燈光消失
？
嗶
發光
嗶
燈光消失
喔喔喔！
？
您真厲害啊！
您先保留魔力，先用在下的火把吧！

其實……唉，算了。你們村莊有多少人啊？
差不多三百人吧！
三、三百?!
是啊！很多人吧！
喂！剛剛的獸族呢？
巫師大人！請您小心！前面有一些人類……
人類？小心？
為什麼要小心人類？
光看外表就可以知道獸族的實力大概在哪裡……
但是人類卻很難從外表來判斷，而且我們並不知道對方是否對我們友善。
喂！前面的人！有聽到嗎？
!

您太莽撞了！
……嗯？

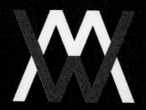

第4話　三隻小豬

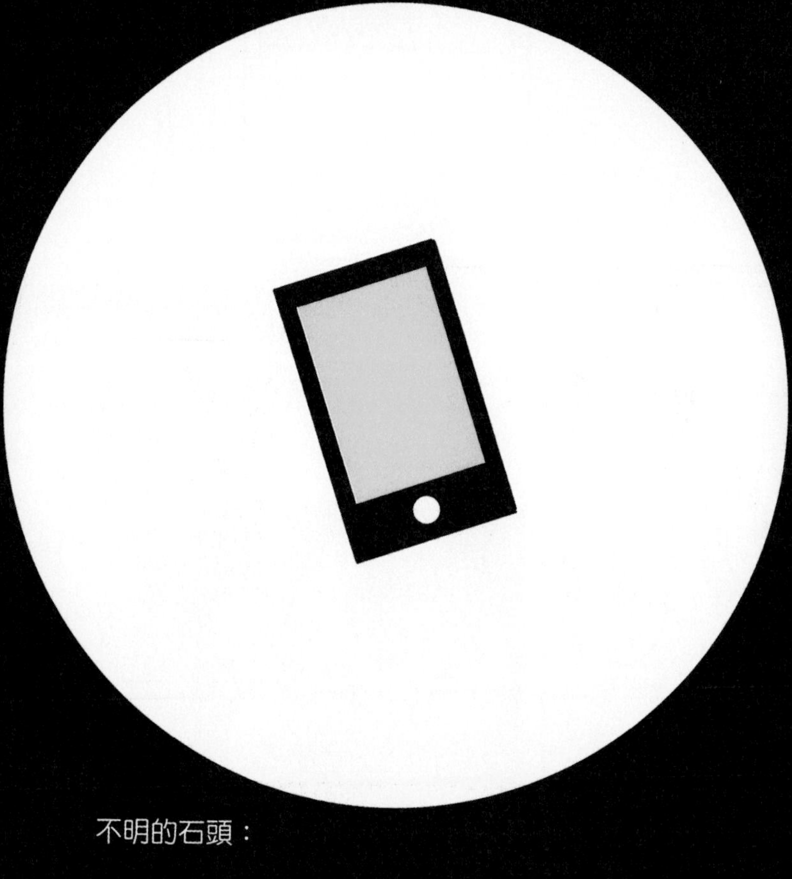

不明的石頭：

沃夫和摩提在路上撿到的神秘石頭，
會發出奇妙的光芒。

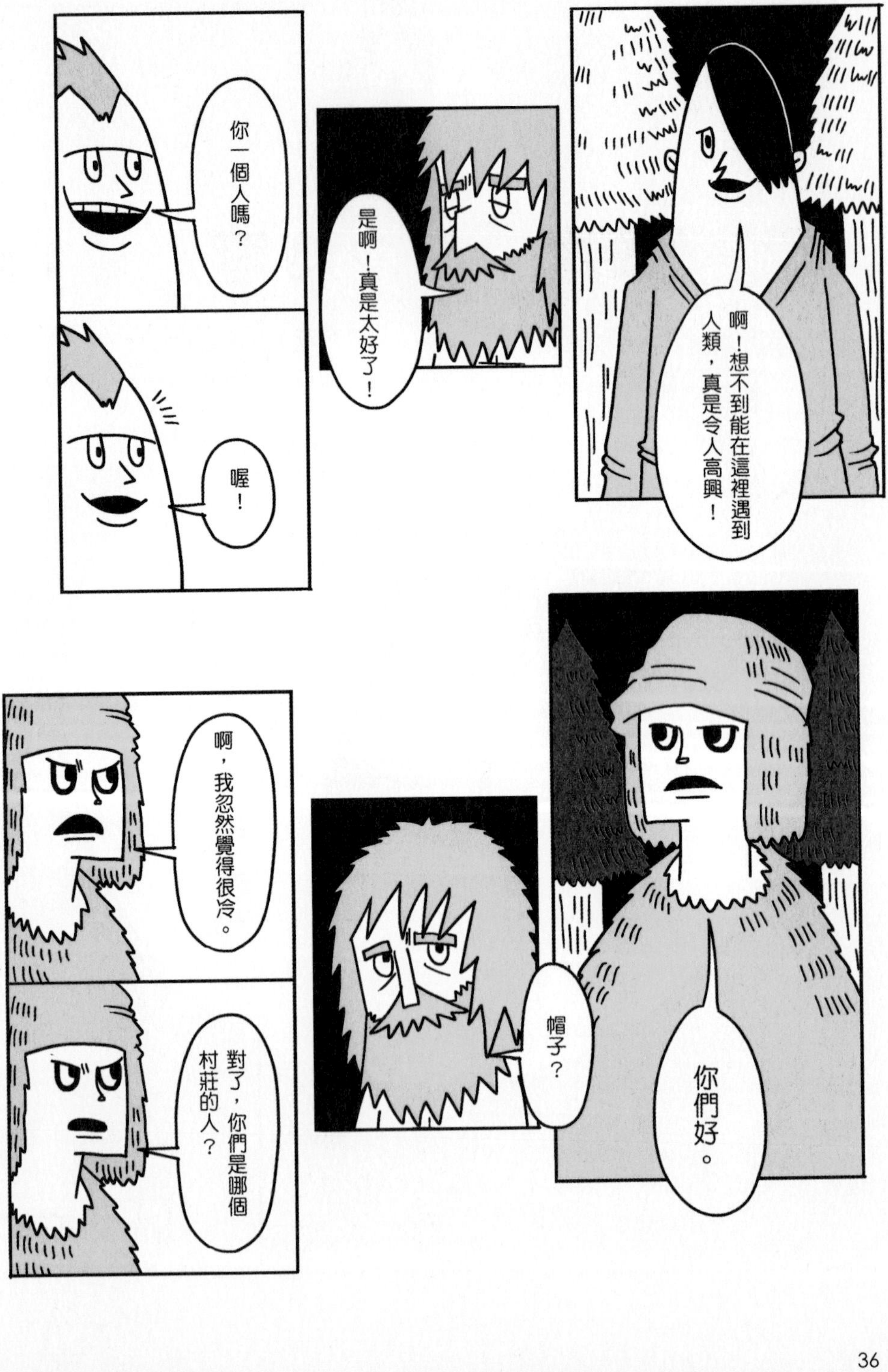
啊！想不到能在這裡遇到人類，真是令人高興！
是啊！真是太好了！
你一個人嗎？
喔！
你們好。
帽子？
啊，我忽然覺得很冷。
對了，你們是哪個村莊的人？

我們是「皮斯村」的人。
我們三個是兄弟，我是老二，渥德・皮格。
我是老大，古拉斯・皮格，
這位是老三，貝克・皮格。
人稱「皮格三兄弟」！
你們叫作什麼名字呢？又是哪個村莊的人呢？
我叫作萊恩。
他是沃夫，我們沒有村莊，我們只是生還者。
……？

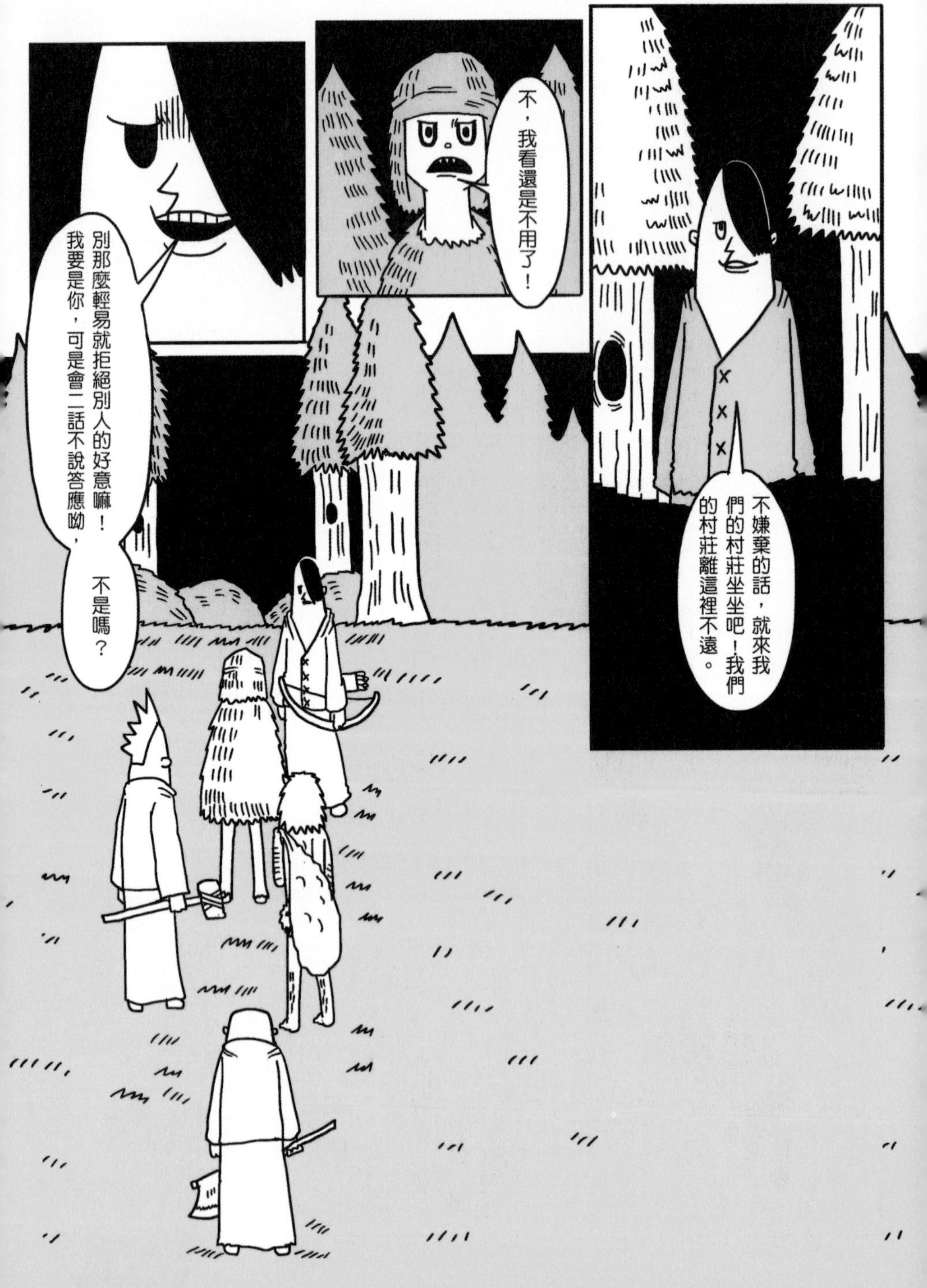
不嫌棄的話，就來我們的村莊坐坐吧！我們的村莊離這裡不遠。
不，我看還是不用了！
別那麼輕易就拒絕別人的好意嘛！我要是你，可是會二話不說答應呦，不是嗎？

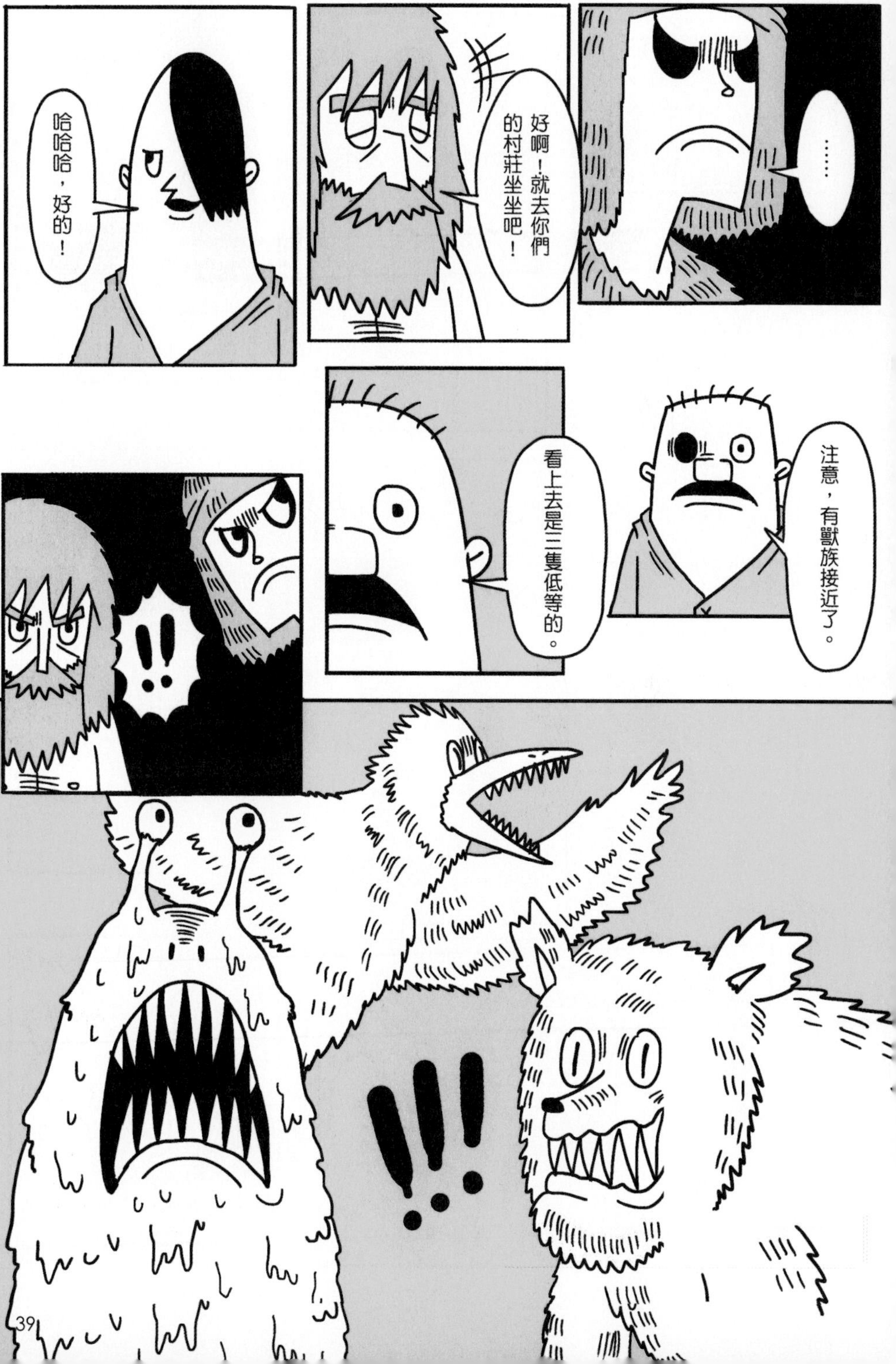
……
好啊！就去你們的村莊坐坐吧！
哈哈哈，好的！
注意，有獸族接近了。
看上去是三隻低等的。
!!
!!!

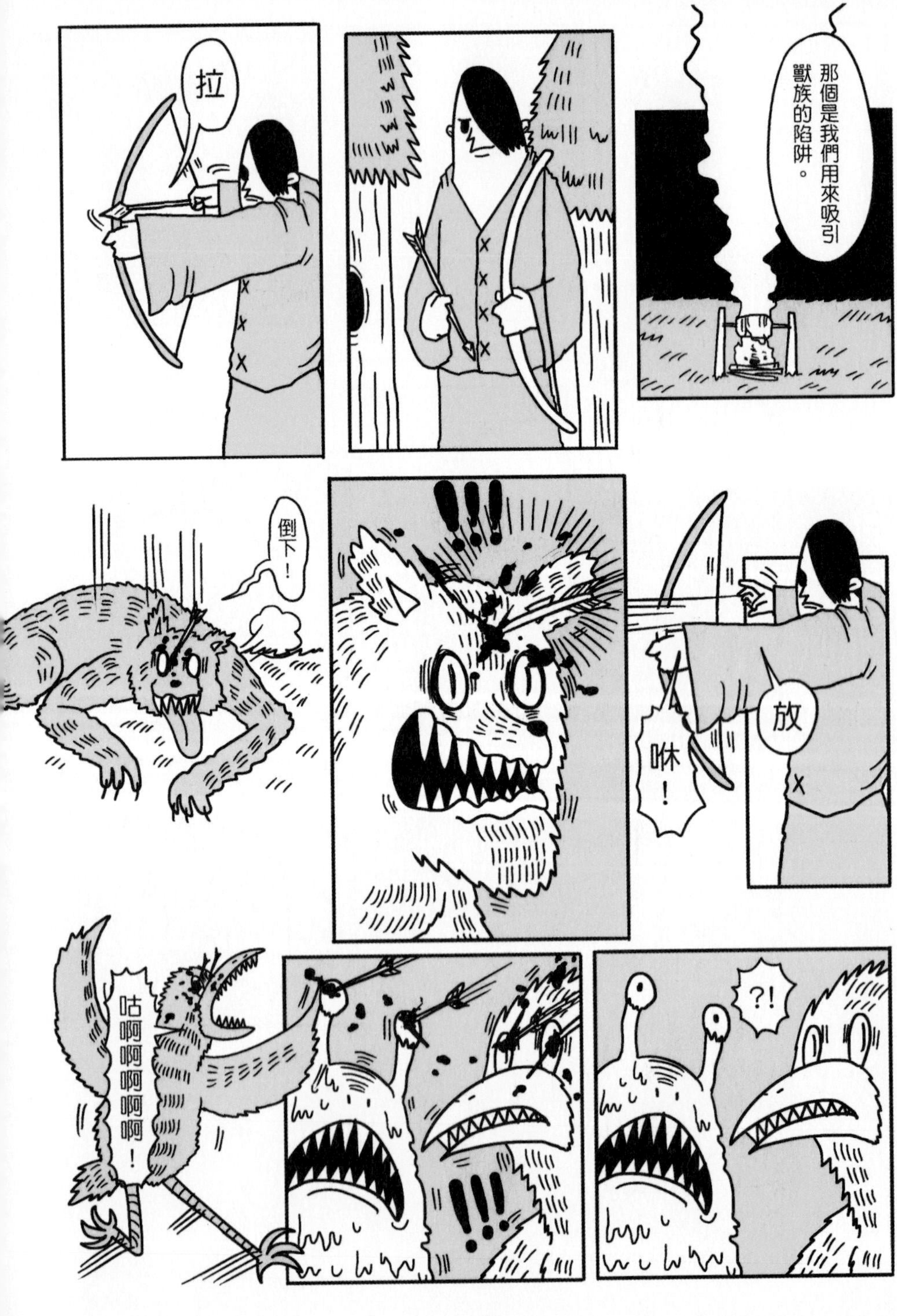
那個是我們用來吸引獸族的陷阱。
拉
放
咻！
倒下！
咕啊啊啊啊啊！
?!

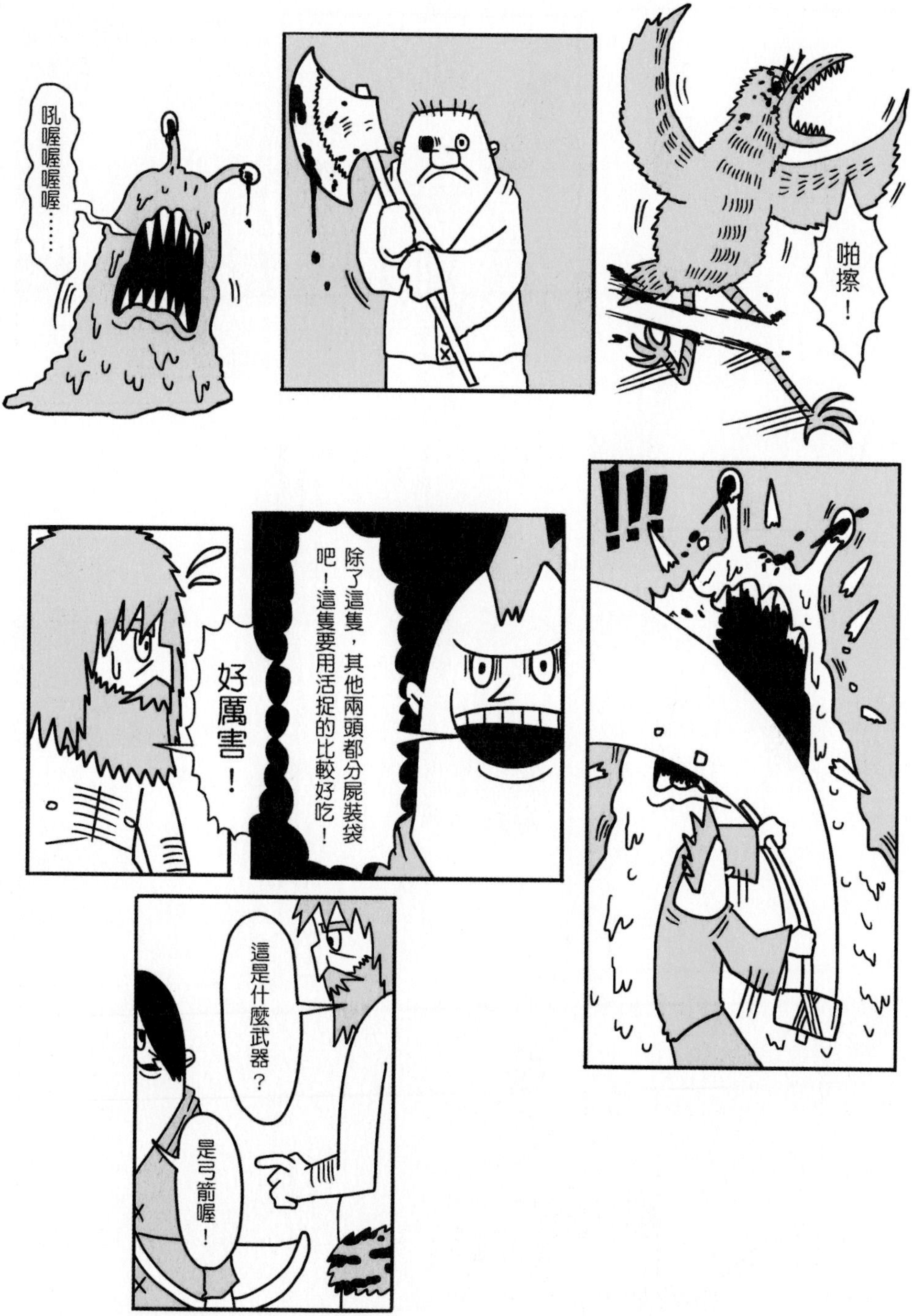

啪擦！
吼喔喔喔喔……
!!!
除了這隻，其他兩頭都分屍裝袋吧！這隻要用活捉的比較好吃！
好厲害！
這是什麼武器？
是弓箭喔！

我們是皮斯村負責狩獵的狩獵者！
有你們同行，真是可靠啊！
你說你們的村莊就在附近嗎？
是啊，別心急，很快就到了。
皮斯村有多少人呢？
差不多兩百多人，不過原本還有更多人的……

兩、兩百多？好多啊！
雖然比萊恩的村……
好多人啊！
……
而我們皮斯村的領導人，就是大名鼎鼎的「熱火安德」兩兄弟！

第5話　我們的村莊到了

生還者：

那些村莊被毀滅、到處遊走且沒有居住地的人，
都被稱為生還者。

安德！沒事吧？
別怕！有我在！
哥哥會保護你！
嗚……

我的名字叫作安德，在一次獸族的突襲中，我的父母被殺、村莊被毀了。
在那次災害中活下來的只有我和哥哥——熱火，熱火非常的強悍。
我和熱火就這樣踏上尋找下一個村莊的旅程。
他可以徒手殺了所有我們遇到的獸族。
熱火的強悍無人能敵。

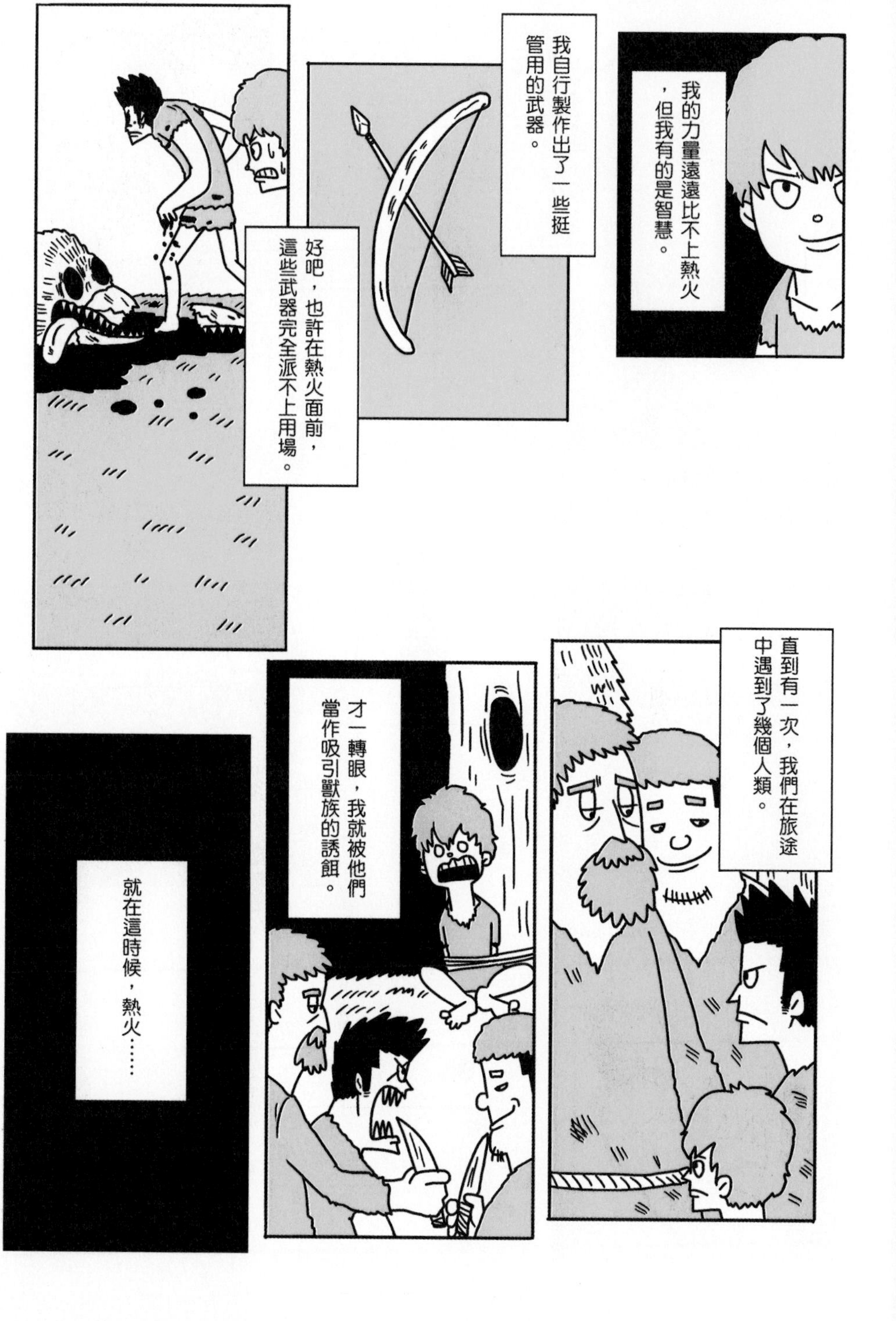
我的力量遠遠比不上熱火，但我有的是智慧。
我自行製作出了一些挺管用的武器。
好吧，也許在熱火面前，這些武器完全派不上用場。
直到有一次，我們在旅途中遇到了幾個人類。
才一轉眼，我就被他們當作吸引獸族的誘餌。
就在這時候，熱火……

第一次把人類給殺了，他下手毫不留情，如同殺獸族一般俐落。
這個景象太令人興奮了。
從那次以後，我們決定要自己召集同伴，建立一個屬於我們的村莊。

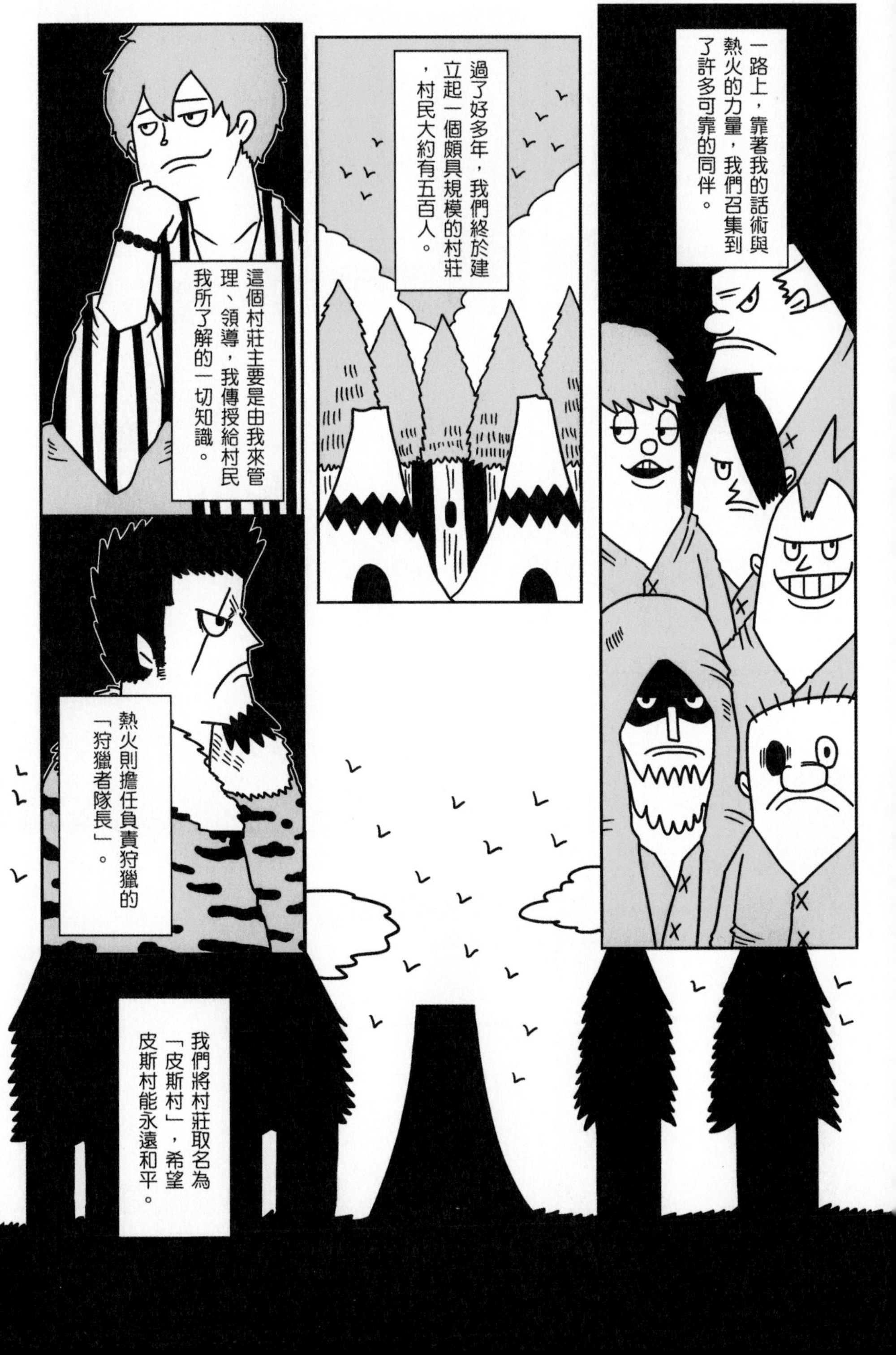
一路上，靠著我的話術與熱火的力量，我們召集到了許多可靠的同伴。
過了好多年，我們終於建立起一個頗具規模的村莊，村民大約有五百人。
這個村莊主要是由我來管理、領導，我傳授給村民我所了解的一切知識。
熱火則擔任負責狩獵的「狩獵者隊長」。
我們將村莊取名為「皮斯村」，希望皮斯村能永遠和平。

沒想到，村莊突然遭遇襲擊，而那天，熱火剛好帶隊出去狩獵……
一大批頂著光頭、頭上烙印著相同符號的軍隊，忽然入侵了皮斯村。
他們進行了一場屠殺，村莊的建築物被毀壞殆盡，死傷非常慘重。
你們到底是誰?!
哈哈哈哈哈哈！
一名凶神惡煞的男子出現在我面前，他似乎是這批軍隊的首領。
我們是誰不重要！重要的是，我要拿走所有對我們有用的資源！

……！
就在這時候，熱火回到了皮斯村。
熱火幾乎殺掉了他們半數以上的人，並且將對方首領的一隻手臂給砍斷了。
撤退！
別怕！有我在！我會保護你！

在這之後，我們花了好幾年的時間重建村莊，並且強化了防禦工事。
安德，我們先出去狩獵了。
嗯……
記得留意一下有沒有那些該死的光頭！
不用你說我也知道！
我一定要找出他們的村莊，將他們全都殺光！
嗯。
我要講的故事差不多就到這裡結束了。
我們的村莊到了！

第6話　我會害羞啦

村莊：

人類會互相聚集並且成立「村莊」，
像是沃夫所待過的「帕辛村」就有九個人類，
為了躲避獸族，大多數的村莊都在山洞裡面。

啊！遠遠的看就覺得很壯觀呢！
對了！萊恩先生，可以麻煩您先將帽子給脫掉嗎？
……！
不好意思，這是我們村莊的規矩，還請您見諒啊！

呃……
脫掉帽子我會害羞啦……
哈哈哈！害羞什麼啊？
吼嘎嘎嘎嘎！
!!!

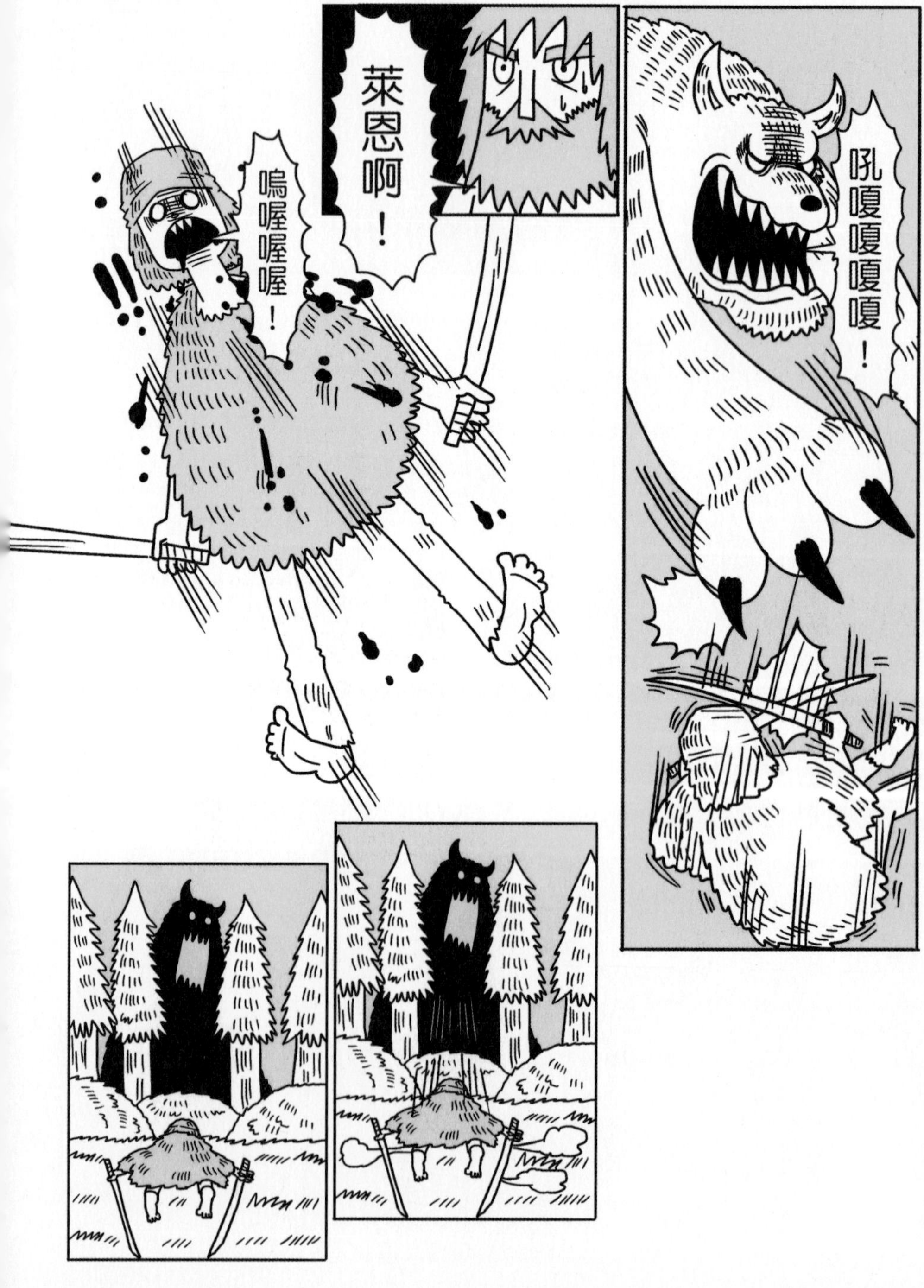

吼嘎嘎嘎嘎！
萊恩啊！
嗚喔喔喔！

嘖！
……嗯？
……
喂！萊恩被打飛了啊！你們快點去救他啊！
先別管他了！我們光要保護自己都很費力了！

!!!
面對這種突如其來的襲擊，果然還是很吃力！
!!
喂喂！不過是一隻偷襲的獸族，就把你們搞得這麼狼狽嗎？振作點啊！
……

你到底是……
幫幫我吧……
嗯。
皮格兄弟回來了！
又是大豐收啊！
後面還跟著兩位
沒看過的人呢！

站住！
你們是誰？
其爾貝先生！他們是客人喔！
……
哈哈哈哈！是客人啊！
歡迎來到皮斯村啊！
喂……
外面在吵鬧些什麼？
喔，只是有兩個客人來到我們的村莊。

不過外面的事都跟你沒關係吧？畜生！
別侮辱到其他畜生啊，我可沒像畜生那麼高尚，嘻嘻……
你們也不用對我有多大的敵意，我現在不過是個動彈不得的活死人罷了！
話說史蓋爾怎麼到現在都還沒回來啊？他沒事吧？
我也不知道，我才該問吧！我還在這邊幫他值班呢！
你也真厲害啊！還救了皮格兄弟！
果然是人不可貌相呢！
沒有啦……
我總覺得哪裡怪怪的。

我清楚地感覺到從你身上散發出一種不祥的氣息。
!!
?
!!!
不對勁啊，真的很不對勁啊，是吧？是吧？

第7話　不會有事的！

肉類食物：

獸族是人類主要的肉類食物來源，
較為弱小的獸族時常會成為人類狩獵的目標，
此外，人類已經擁有了用火的技術。

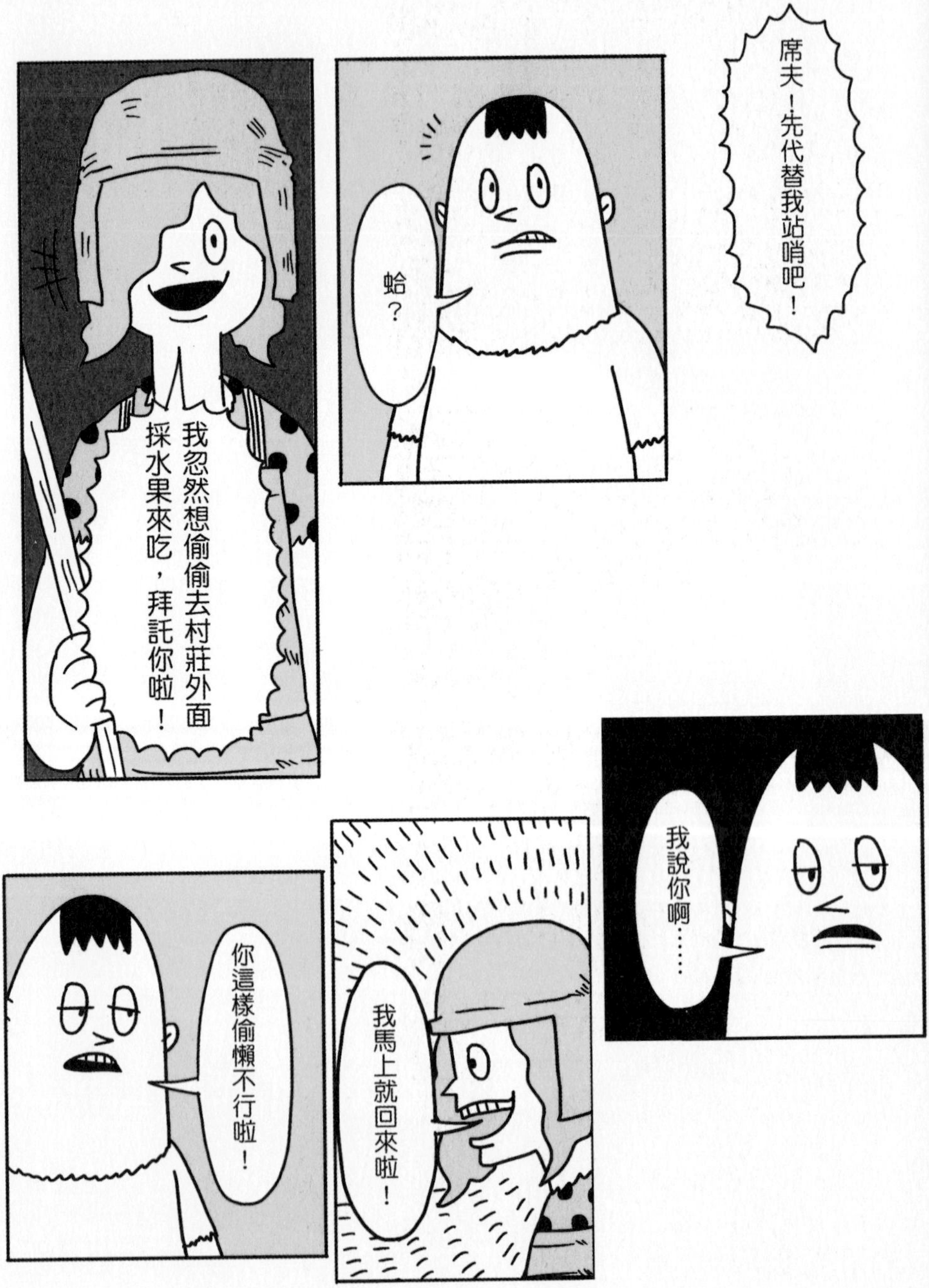
席夫！先代替我站哨吧！
蛤？
我忽然想偷偷去村莊外面採水果來吃，拜託你啦！
我說你啊……
我馬上就回來啦！
你這樣偷懶不行啦！

哈哈哈!有什麼關係!
史蓋爾!順便幫我帶一些水果回來!
當然!
不用幫這種傢伙帶啦!
為什麼?
達特先生可是個好人呢!
哈哈哈!聽到沒?
你可別忘了,他也是多年前那群光頭大軍的其中一員!
我知道啊!可是達特先生就是個好人嘛!

我先去啦！
路上小心！
不用帶裝備嗎？
才不要！這樣子涼快多了！
你就不要在村莊外面被獸族攻擊！
不會有事的！掰啦！
他真的很喜歡你呢。
沒什麼理由可以討厭我吧！哈哈！

你這畜生。
你們那群光頭大軍把我們搞得家破人亡！
雖然你那時候確實是幫了不少忙，還救了史蓋爾的妹妹。
我是醫生！把傷患帶過來給我處理！別再分什麼敵我了！
你當時跟著他們一起撤退不就沒事了嗎？
因為我愛人類啊！
聽不懂啦！
真是的，史蓋爾還要多久才會回來啊？

不妙，超級不妙，早知道就該穿裝備出來的！該死！
哈哈哈！害羞什麼啊？
是古拉斯・皮格的聲音！皮格三兄弟就在這附近嗎？
啊！獸族聽到聲音後準備跑過去了！小心點啊！皮格們！
結果我連水果都還沒有採到，真是的。

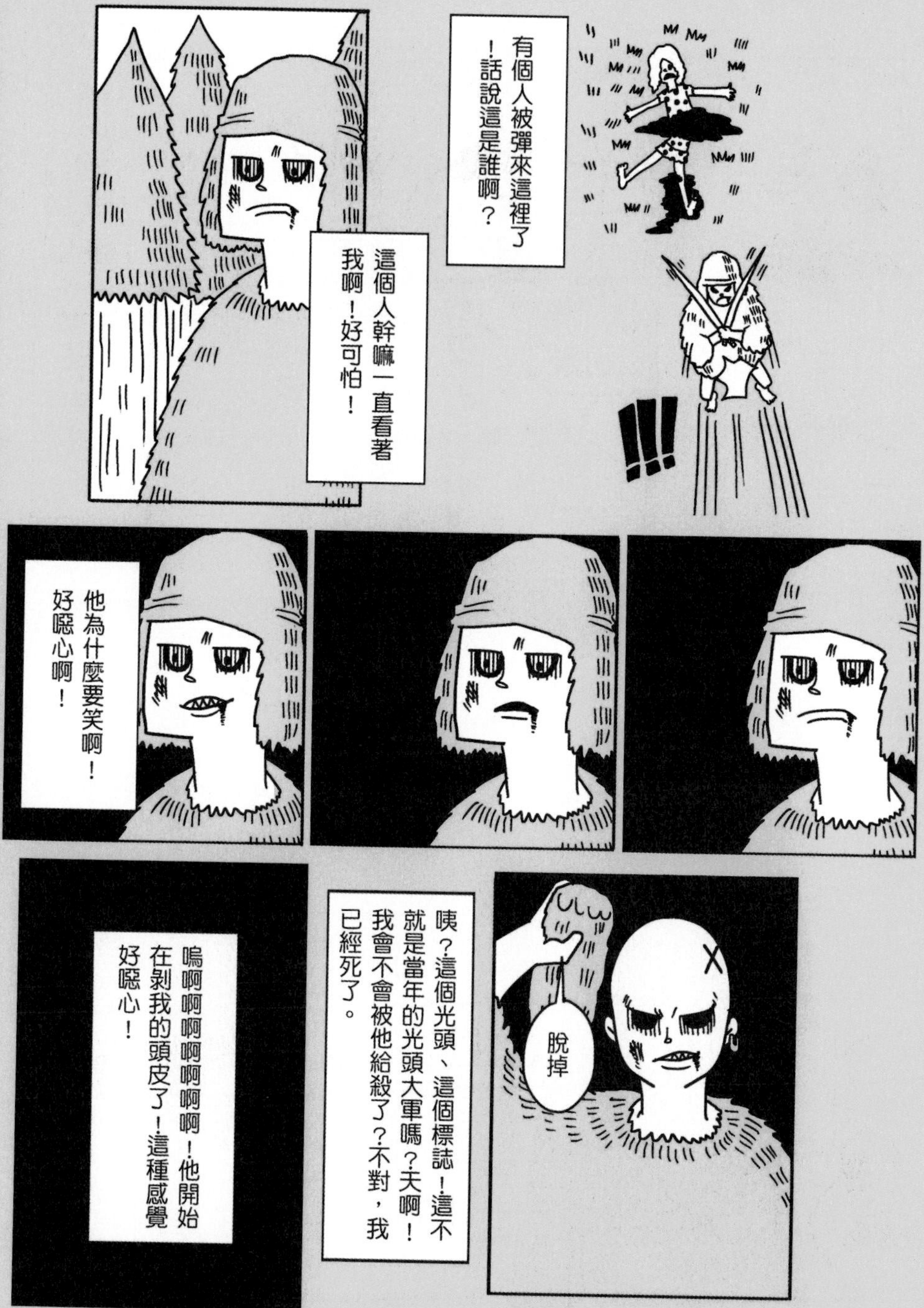
有個人被彈來這裡了！話說這是誰啊？
這個人幹嘛一直看著我啊！好可怕！
他為什麼要笑啊！好噁心啊！
脫掉
咦？這個光頭、這個標誌！這不就是當年的光頭大軍嗎？天啊！我會不會被他給殺了？不對，我已經死了。
嗚啊啊啊啊啊啊啊！他開始在剝我的頭皮了！這種感覺好噁心！

我的頭髮被他給戴上了啊！
我只是想採個水果啊！怎麼採到最後，自己的頭皮被別人給採走了。
算了，反正我已經死了，這樣也不會浪費我那一頭秀髮。
看來他已經安全離開了，嗯？又有個人靠近了！

這、這不就是傳說中的「高等獸族」嗎？像人類外表的獸族！我以為我這輩子都不會看到了，今天真是幸運啊！不對！有什麼好幸運的！這可真是超級不妙啊！是高等獸族啊！
安息吧，人類。
他是在對我說嗎？啊……意識越來越模糊了。
翠絲佛，哥哥對不起妳，妳一個人要好好的活下去啊……

第8話　又柔軟又有彈性！

武器：

人類的武器大多是用獸骨製成，
少部分村莊則擁有「製鐵」的技術。

你的身上有一股——
鮮血的味道！
呃……
Wolf Light!
發光！
唔啊啊啊啊啊！
!!!
是巫師嗎！
沒錯！我就是巫師！
而萊恩是我的隨從！
別再繼續對他糾纏不清了！
……
巫師大人……
總、總之，先把你們的村長給
叫過來吧！你們會照辦吧？

我知道了，請您稍等，我馬上就去請我們的領導人過來……
什麼？巫師？
這個似乎是真的巫師。
……
外地來的巫師在哪裡？
我就是。
穿得倒是挺落後的嘛。

看上去一點都不像巫師啊。
是巫師啊啊啊啊啊啊！
傳說中的巫師出現了！
喂，外面也太吵了吧？
發生什麼事了？
我也想知道啊！
史蓋爾那個混帳！竟然到現在都還沒有回來！
哥哥，達特先生。

村莊裡來了一個巫師。
巫師？
咦？我哥不在這裡嗎？
他給我偷溜出去採水果！我還替他站哨站到現在！
快來看啊！是傳說中的巫師大人！

熱火現在人在哪裡？
他還在兵營訓練新兵。
我們可真是帶回來不得了的大人物啊！
我總覺得那個萊恩有問題……
那個髮型……
那個……巫師大人。
我們為您和您的隨從準備了一個房間，請您跟我一起來吧！

這房間裡的食物、澡堂、任何用品都隨您使用。
床上還有替您準備好的衣服，就請您先好好的休息一下吧！
謝謝。
萊恩！這衣服好柔軟啊！
萊恩！這個床好厲害啊！
又柔軟又有彈性！太神奇啦！快來躺躺看！

幫……
幫我個忙吧，巫師大人！
你也差不多該告訴我是怎麼一回事了吧？萊恩！

第9話　四秒就好

萊恩：

沃夫在森林中遇到的人類，
接近沃夫的目的不明，
名字的意思為「獅子」。

總之，因為一些原因，
我們的村莊和皮斯村處於對立狀態，皮斯村的人恨不得把我們全都給殺了。
頭頂上這個烙印，就是我們村莊的標誌，正因為這樣，我才不能讓皮斯村的人看見我的光頭。
唔啊……好想逃跑。
因為我的身分讓巫師大人感到不安的話，我很抱歉，但是請您相信我，對您來說，我並不是什麼敵人。
如果您想跟我切割關係，我會尊重您的選擇，別擔心。
畢竟我這條命也是巫師大人您救回來的。

我、我救了你？
啊，沒事，不管怎樣，如果您願意幫助我的話，我一定會拚了命保護您！至於我們村莊的事情，總有一天您會知道的。
幾個小時之前——
待會前面有個小村莊，大約有七個人，我們今天的任務就是——
將他們全都殺掉，把糧食全都奪走！
遵命！狩絕大人！真是興奮啊哈哈哈！

……
喂！那邊的士兵，怎麼了？對於我的命令有什麼疑問嗎？
狩絕大人，恕在下無禮，但是這樣不斷侵占其他村莊，似乎有點太過火了，真的有這個必要嗎？
……你叫什麼名字？
狩絕大人，在下沒有名字。
沒錯，這就是我和你之間的差別，我有名字，而你沒有！

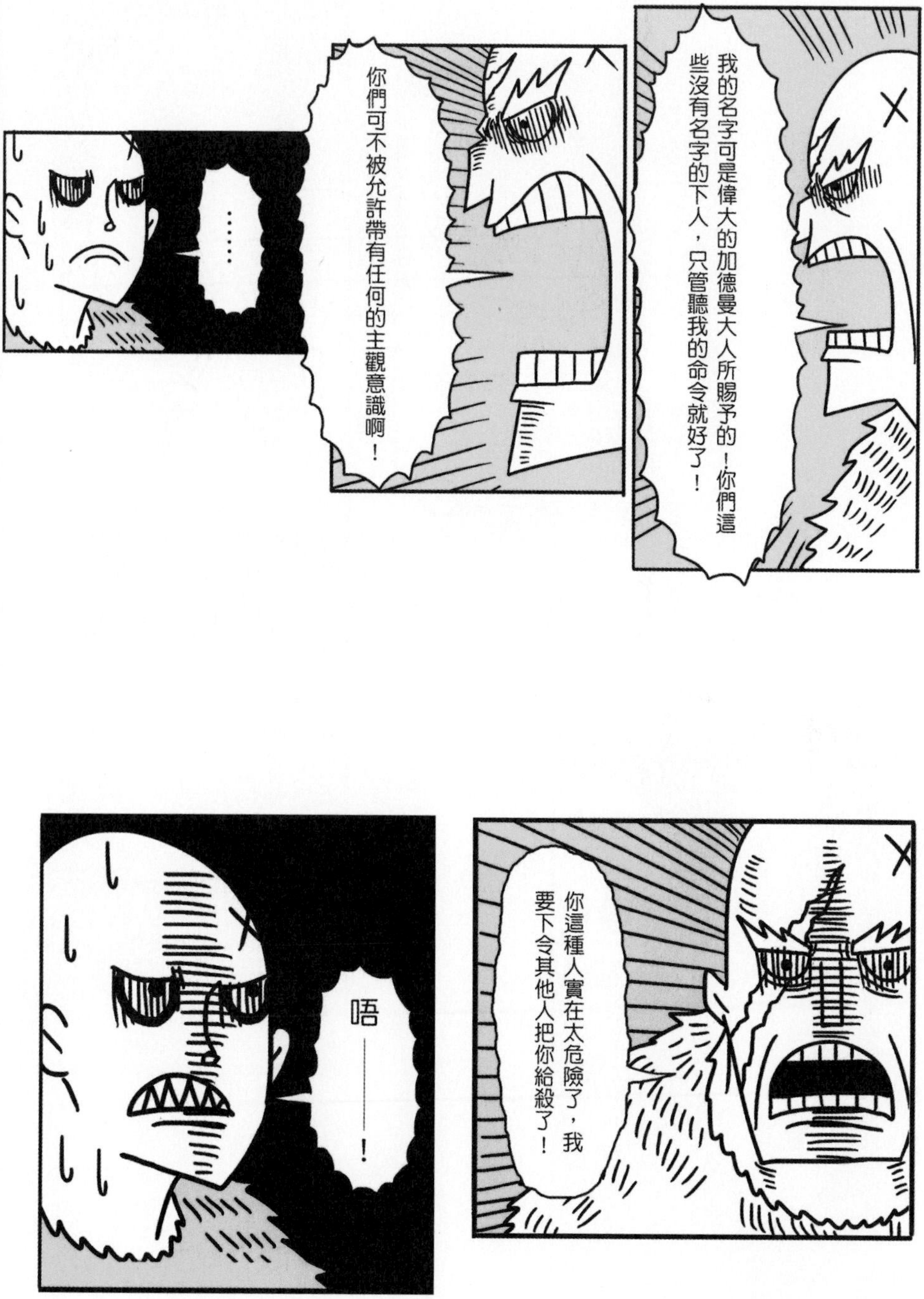
我的名字可是偉大的加德曼大人所賜予的！你們這些沒有名字的下人，只管聽我的命令就好了！
你們可不被允許帶有任何的主觀意識啊！
……
你這種人實在太危險了，我要下令其他人把你給殺了！
唔——！

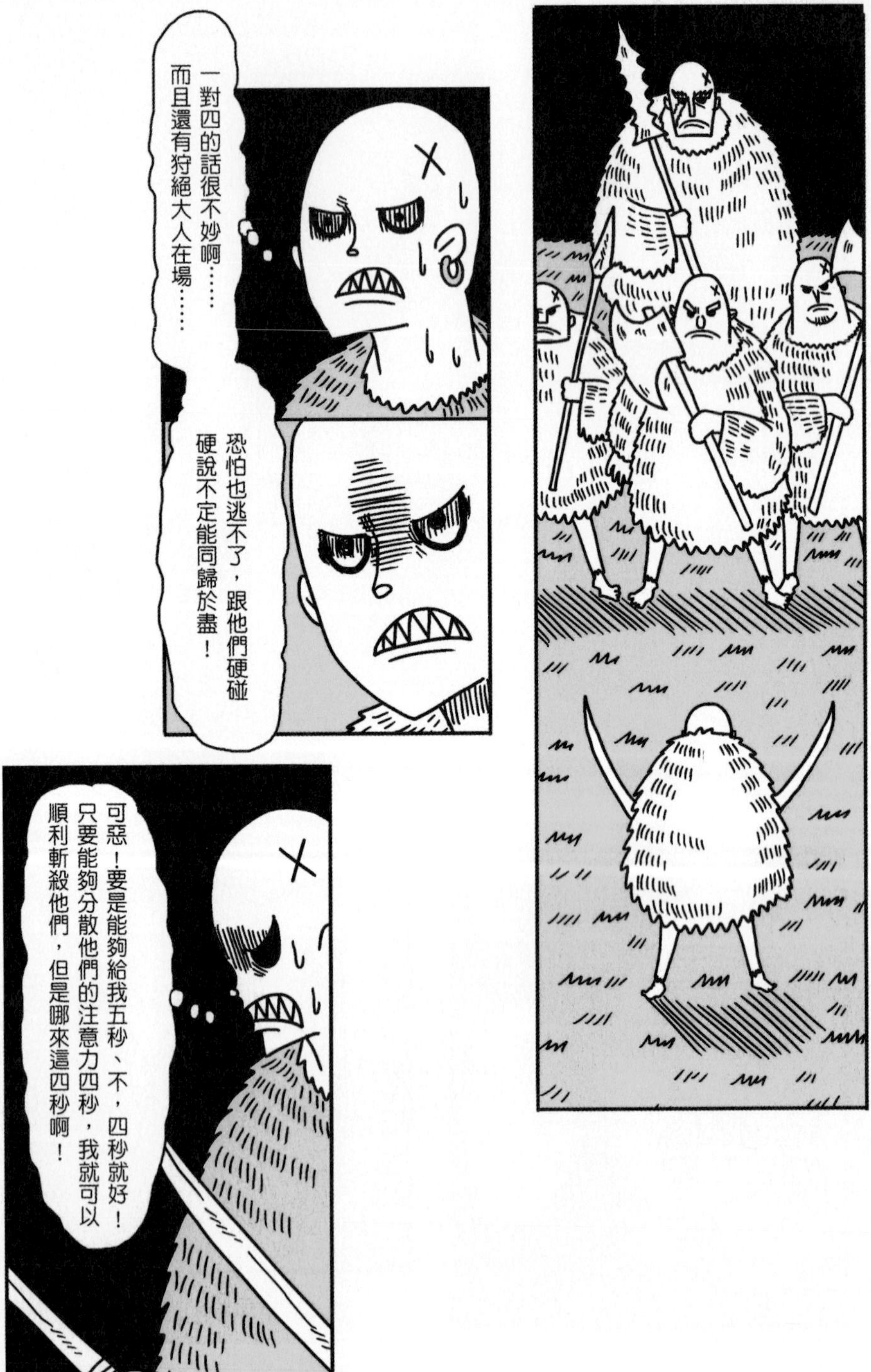
一對四的話很不妙啊……而且還有狩絕大人在場……
恐怕也逃不了，跟他們硬碰硬說不定能同歸於盡！
可惡！要是能夠給我五秒、不，四秒就好！只要能夠分散他們的注意力四秒，我就可以順利斬殺他們，但是哪來這四秒啊！

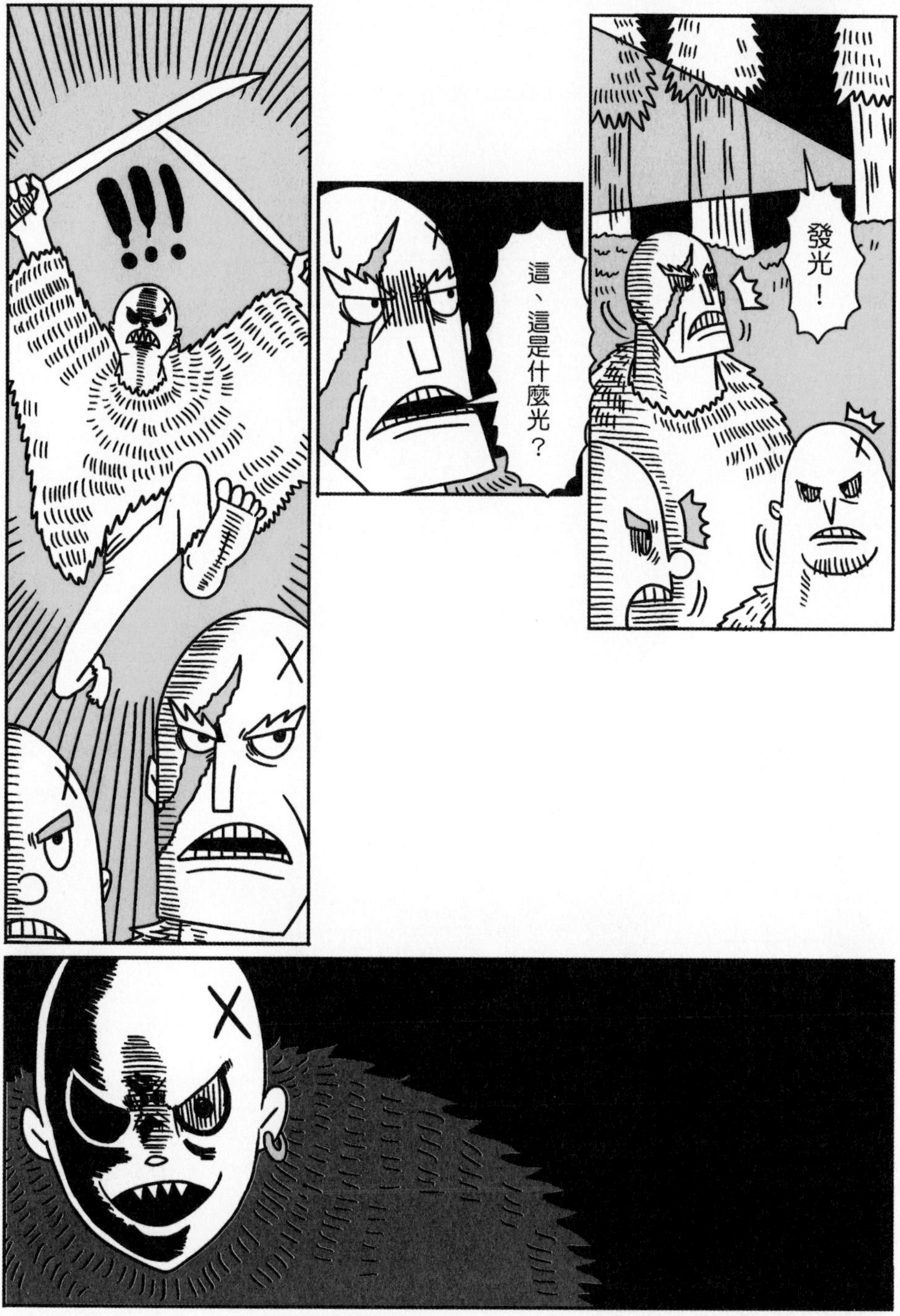
發光！
這、這是什麼光？
!!!

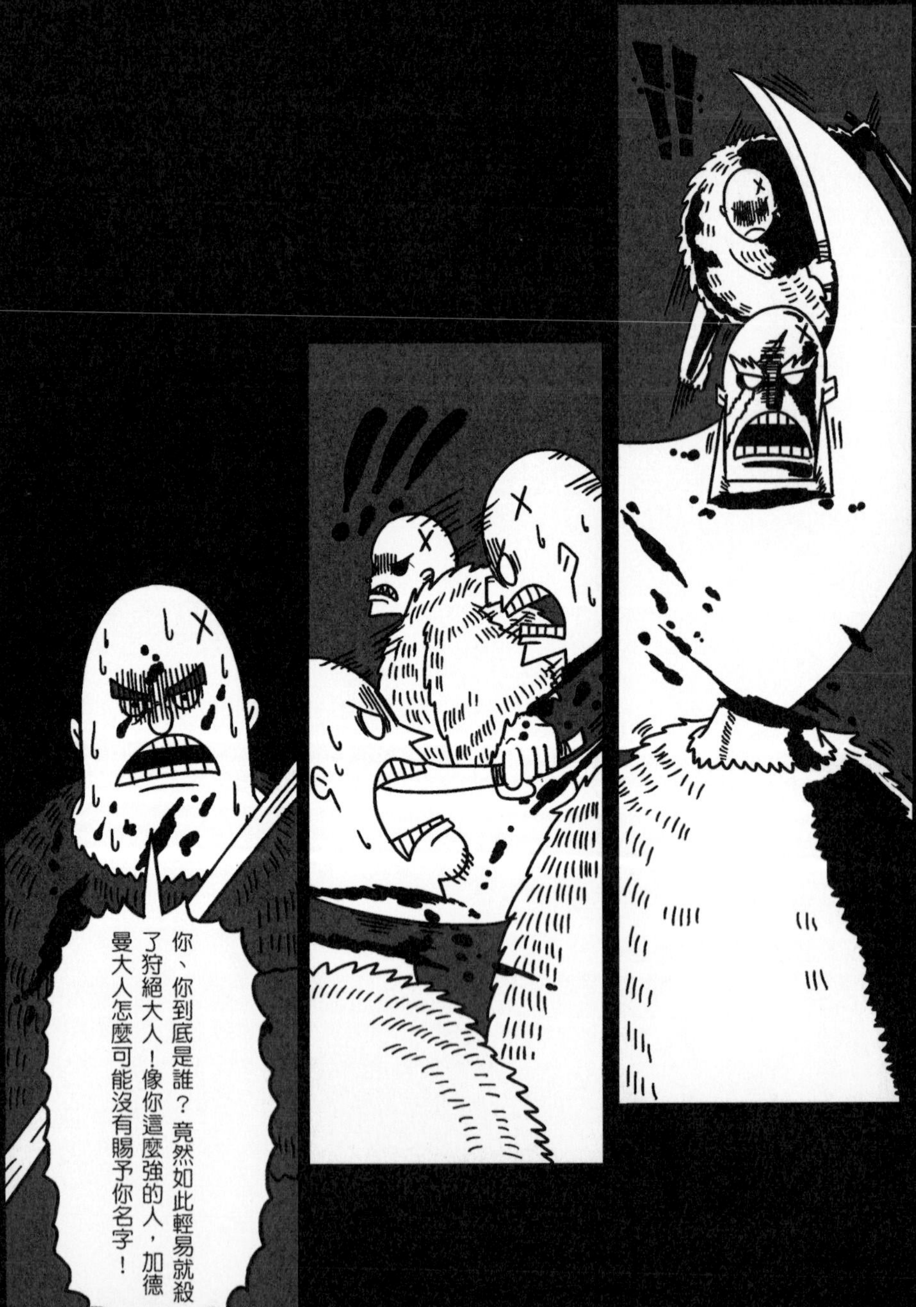
你、你到底是誰？竟然如此輕易就殺了狩絕大人！像你這麼強的人，加德曼大人怎麼可能沒有賜予你名字！

我的名字是萊恩，但這名字是我母親賜予的，
而不是你們所謂的加德曼大人！
你們這些拋棄自己名字的人，
就這樣安息吧！
呼……
不過剛剛那道光到底是什麼？

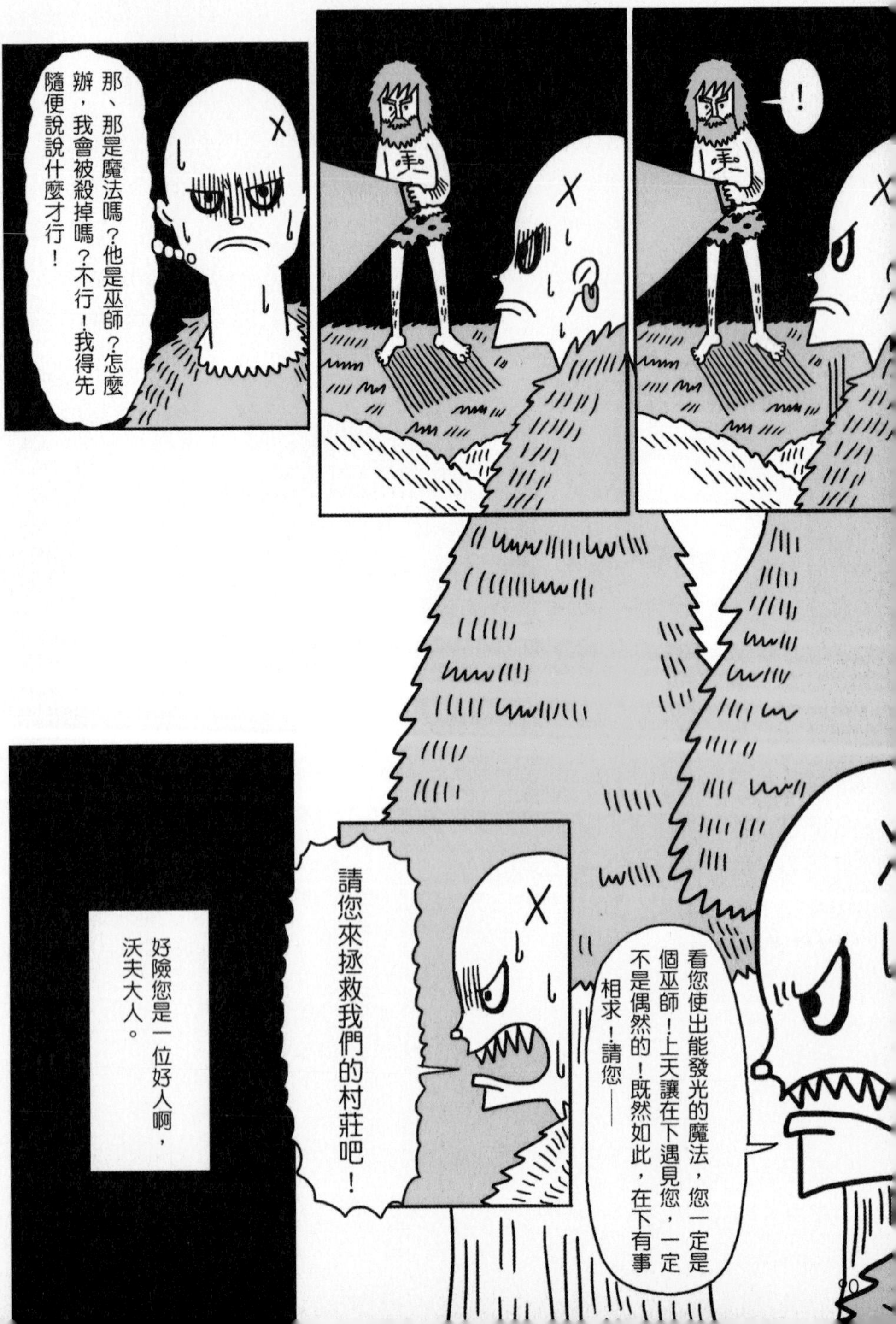
！
那、那是魔法嗎？他是巫師？怎麼辦，我會被殺掉嗎？不行！我得先隨便說說什麼才行！
看您使出能發光的魔法，您一定是個巫師！上天讓在下遇見您，一定不是偶然的！既然如此，在下有事相求！請您——
請您來拯救我們的村莊吧！
好險您是一位好人啊，沃夫大人。

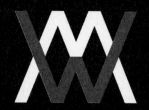

第10話　請您放棄它吧！

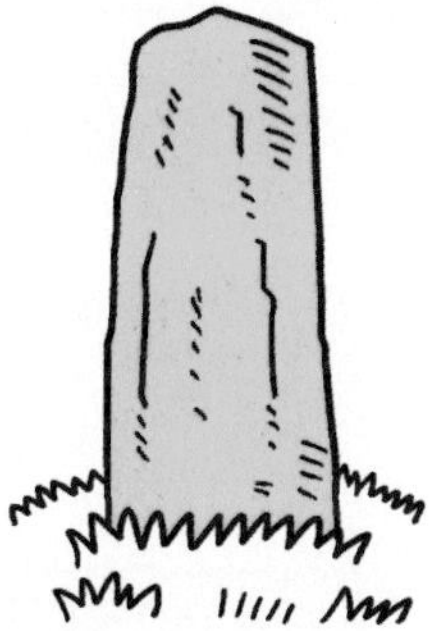

墓碑：

此時的人類已經有為死者製作墓碑的習慣了。

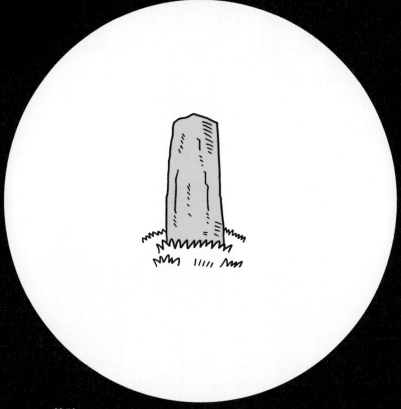

你的頭髮是怎麼來的？
剛剛被獸族打飛的時候，恰巧倒在一具屍體的旁邊，
然後我就把他的頭皮給剝了……
唔……
那具屍體估計是這個村莊的人，被發現的話就不妙了！
被發現的話真的很不妙呢。
我們的對話不會被聽到吧？

我想應該不用擔心……
別靠近我們房間，除非你們不怕巫師大人對你們……
我知道了！
所以我們現在……
應該要……
把屍體給處理掉！
你就不能一直戴著那頂頭皮嗎？
我的頭會爛掉啦！

巫師大人出來了!
巫師大人,請問您要去哪裡呢?
我要和萊恩去村莊外面摘一些可以拿來辦儀式的植物。
請讓我派人保護你們吧!
巫師大人有我保護就夠了。
好、好的!
喂!需要我去跟蹤他們嗎?安德。

不用，不可以對巫師不敬。
而且有翠絲佛在，不用擔心會發生什麼萬一。
我們就這樣溜出來了啊！想不到巫師這麼好用！
到了！
唔啊……
就這樣把屍體和頭皮都燒個精光吧！

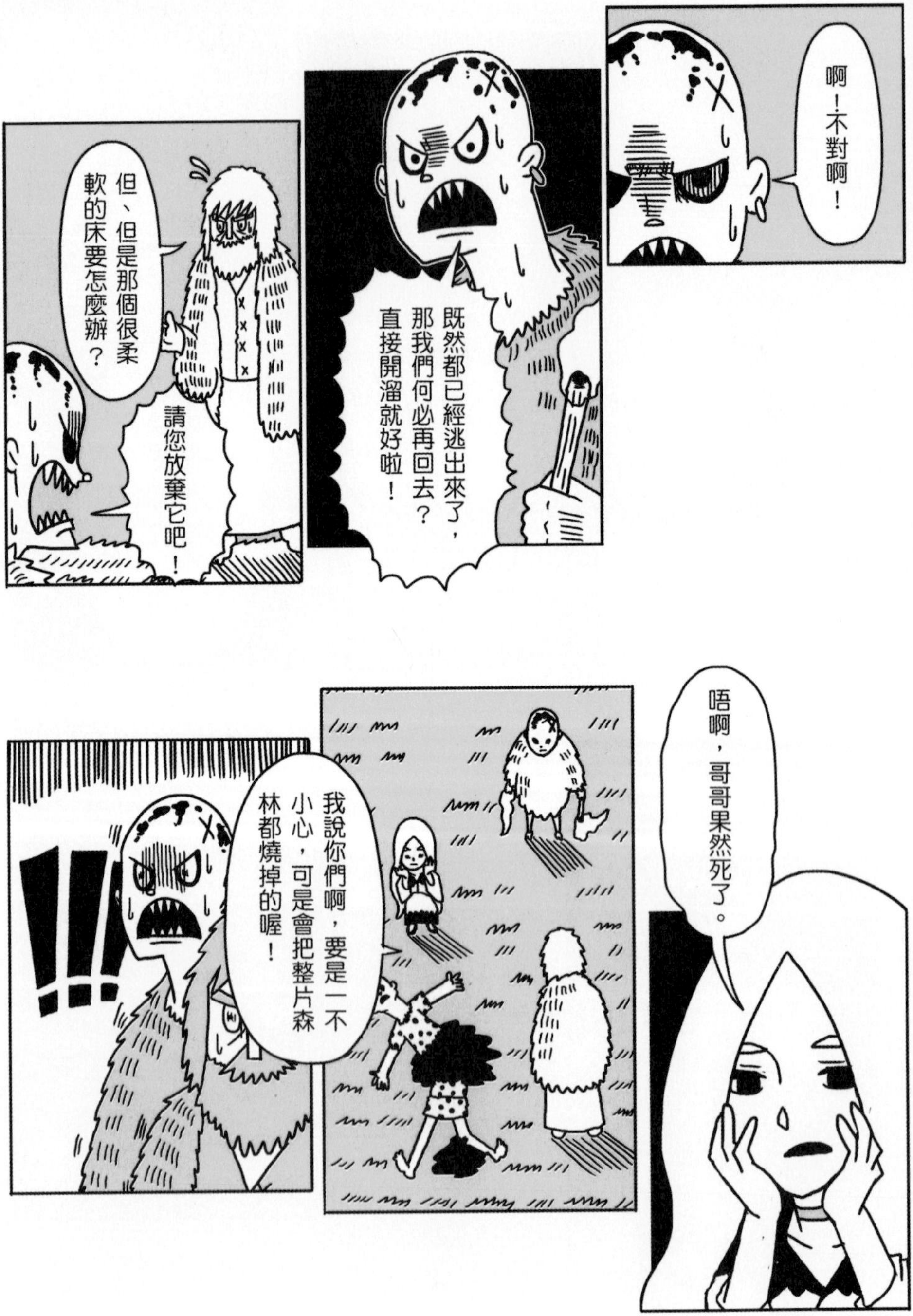
啊！不對啊！
既然都已經逃出來了，那我們何必再回去？直接開溜就好啦！
但、但是那個很柔軟的床要怎麼辦？
請您放棄它吧！
唔啊，哥哥果然死了。
我說你們啊，要是一不小心，可是會把整片森林都燒掉的喔！

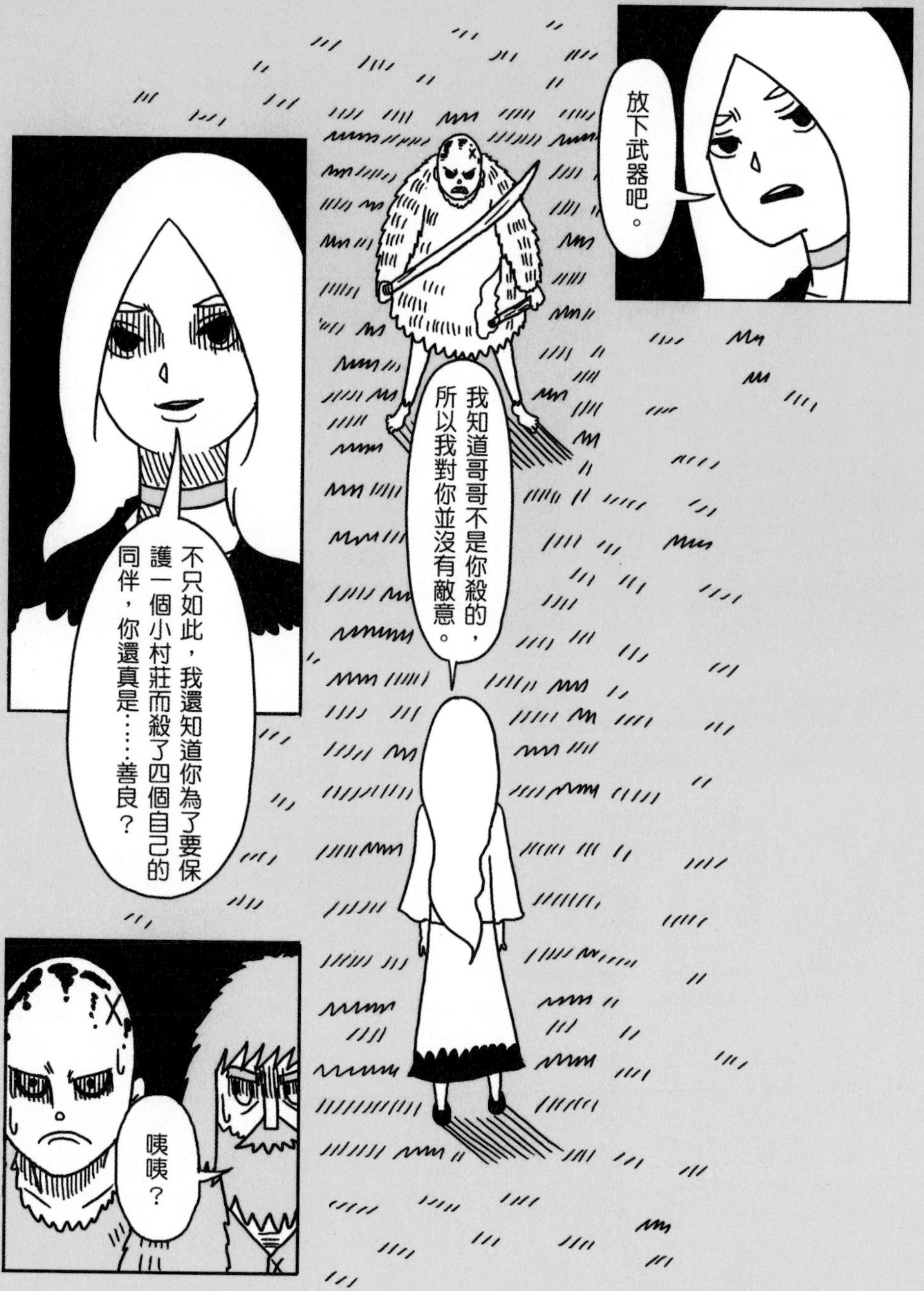
放下武器吧。
我知道哥哥不是你殺的，所以我對你並沒有敵意。
不只如此，我還知道你為了要保護一個小村莊而殺了四個自己的同伴，你還真是……善良？
咦咦？

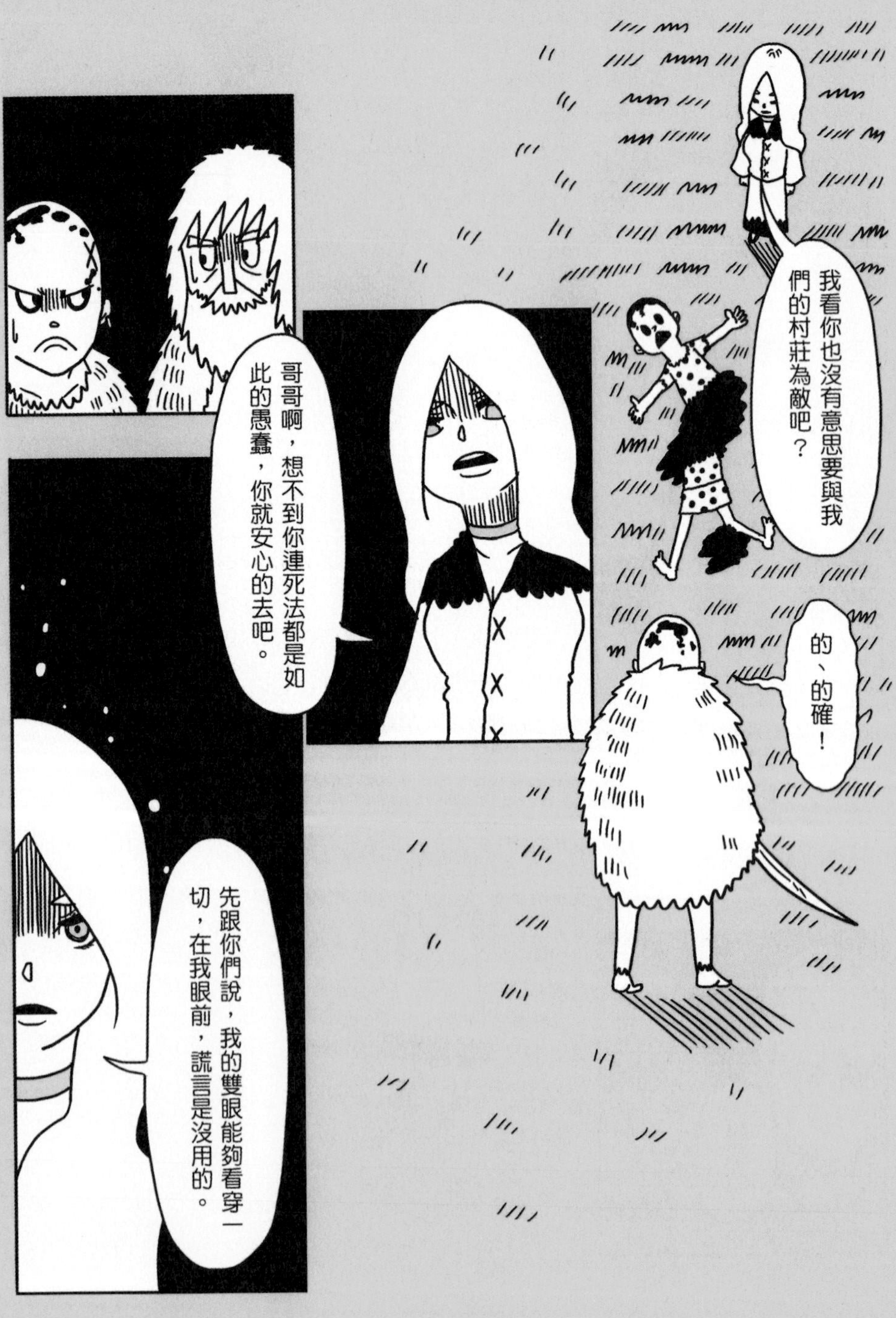

我看你也沒有意思要與我們的村莊為敵吧？
的、的確！
哥哥啊，想不到你連死法都是如此的愚蠢，你就安心的去吧。
先跟你們說，我的雙眼能夠看穿一切，在我眼前，謊言是沒用的。

安德！翠絲佛不見了！她該不會偷偷跟著巫師出去了吧？
需要我派人去外頭找她嗎？
是嗎……她要去就讓她去吧，
說不定她已經預知到了什麼，不用擔心她的安危，
她可是魔女啊。

第11話 無禮！

服裝：

在這個未知世界中，
部分的人類已經擁有一定程度的紡織技術，
當然還是有許多人只靠著披獸皮過活。

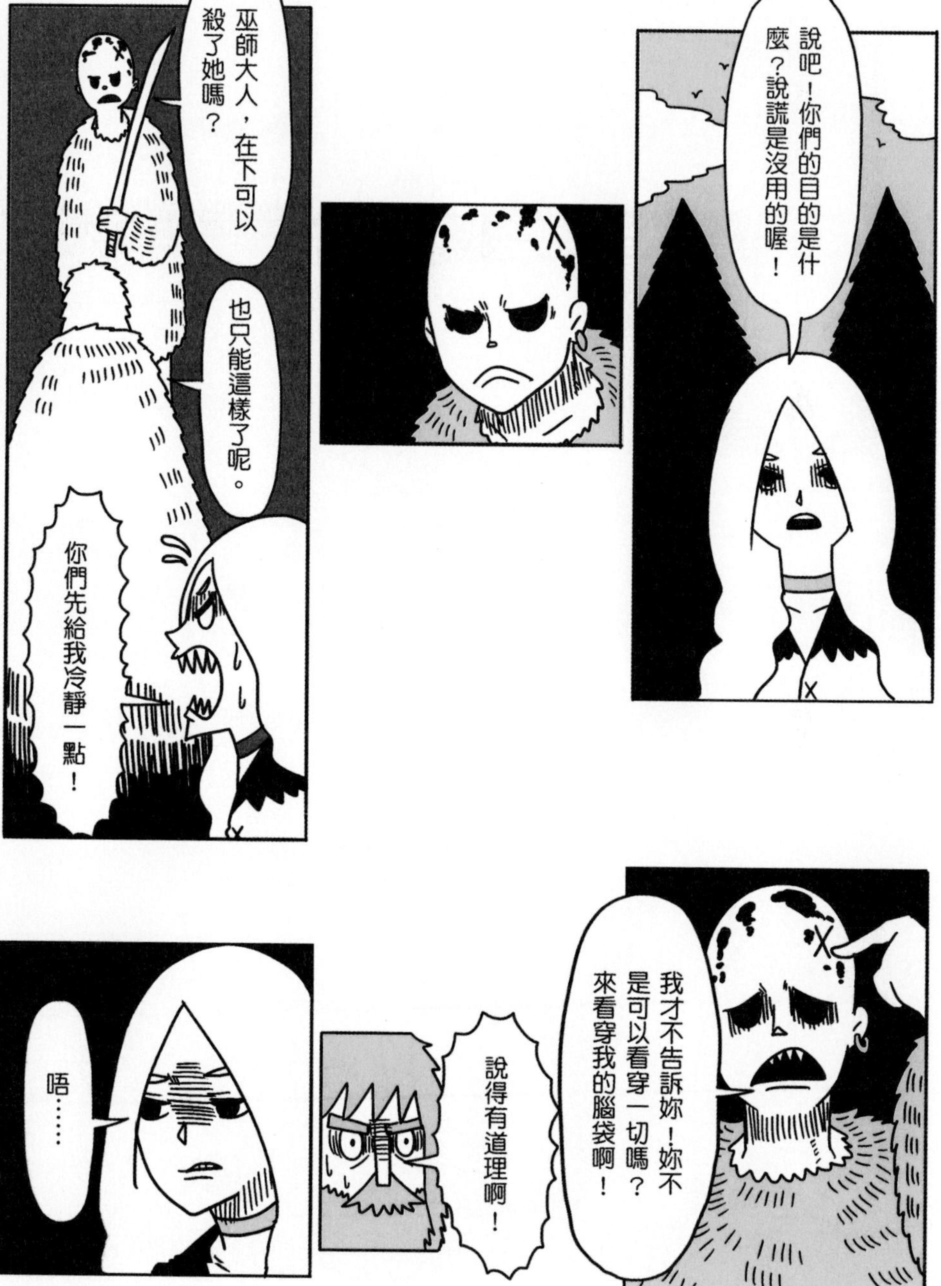
說吧！你們的目的是什麼？說謊是沒用的喔！
巫師大人，在下可以殺了她嗎？
也只能這樣了呢。
你們先給我冷靜一點！
我才不告訴妳！妳不是可以看穿一切嗎？來看穿我的腦袋啊！
說得有道理啊！
唔……

我倒要看看，妳能不能看穿我接下來會怎麼砍妳！
先等等。
前面有個小村莊正在被獸族襲擊，
就是你原先要保護的那個小村莊，你想怎麼做？
……
萊恩啊，就別管他們了吧？我們快點離開這裡吧！
抱歉，巫師大人。
既然知道了，我就必須要去救他們。
唔……
……

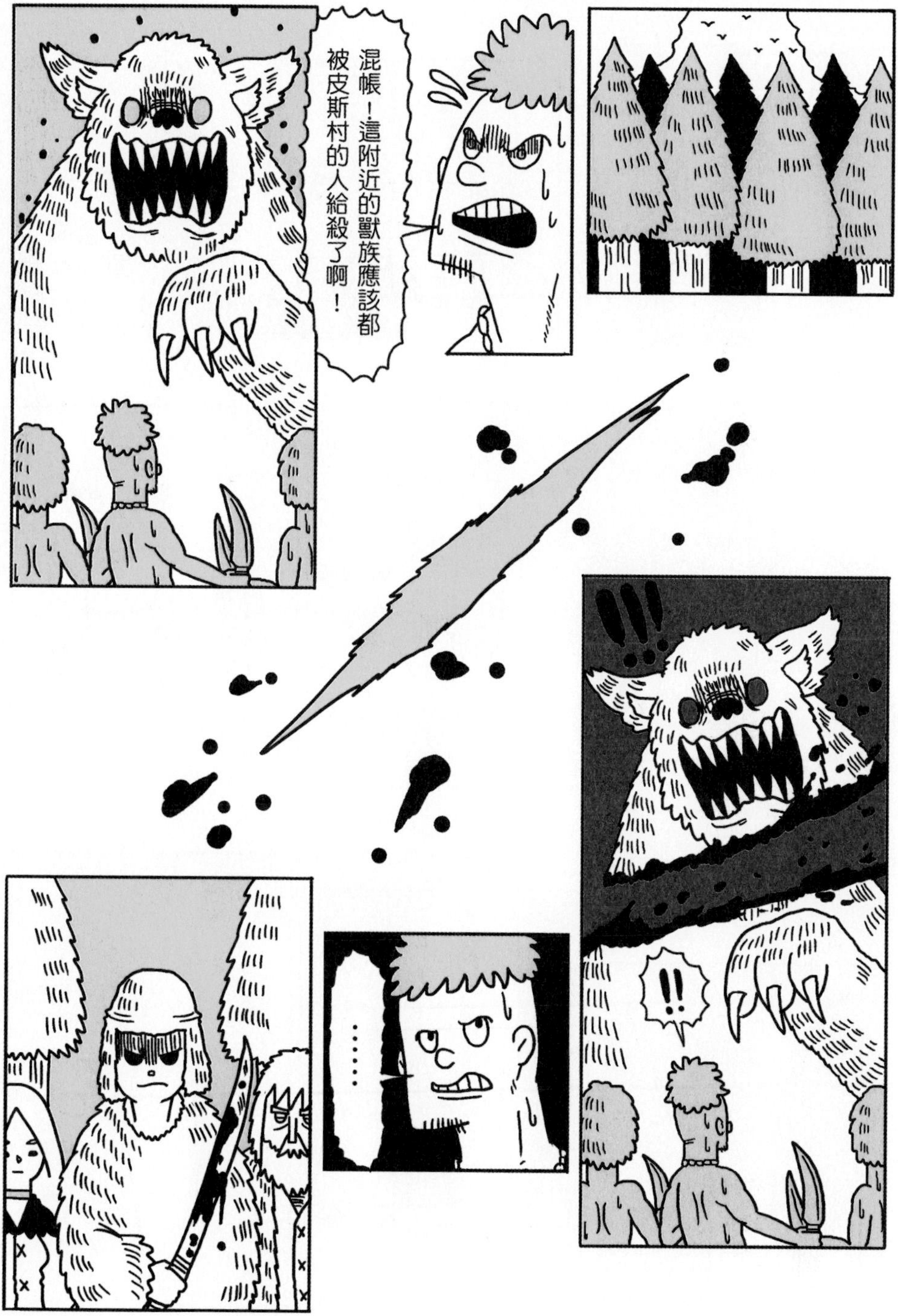
混帳！這附近的獸族應該都被皮斯村的人給殺了啊！
!!!
!!
……

真的就如同妳所說啊。
當然！你不也是相信了才會來這裡嗎？話說你還真強啊。
感謝您的相救！
皮斯村的魔女大人……
辛，你們也差不多該考慮加入我們了吧？
這樣下去很危險的。
感謝您的好意，但我們還是不想依靠別人。
依靠別人有什麼不好？為了活下去有錯嗎？
仔細想想怎麼做，才是對你們村莊有好處吧！
……我會好好考慮的。
那我們先走了。
好的。

妳不是問我的目的是什麼嗎？
巫師大人，很抱歉在下欺騙了您！
欺、欺騙？
什麼祭神儀式，都是騙您的……
在下真正想做的，是要將在下的村莊給摧毀！
天啊！我到底被捲進了什麼麻煩事？我現在超想逃的！
在下原本想靠自己的力量去實行，就在那時候——
在下遇見了您！於是靈機一動，想半哄半騙的請您協助在下一起摧毀村莊。

但果然還是不行啊！在下無法再欺騙下去了！而就在剛才，在下想到了一個更好的方法！
小姐，你們非常憎恨我的村莊吧？這樣的話，我們要不要聯手？我可以提供你們很多重要的情報！
等等！我並不
哈哈哈哈哈哈哈！
還真是有趣的想法啊！我倒覺得滿不錯的喔！
巫師也會一起行動吧？話說他真的是巫師嗎？
我、我其實並不……

無禮！竟敢懷疑巫師大人！給我小心妳的言行舉止！
小心我把妳給殺了！
總覺得現在拆穿的話，萊恩會殺了我啊！只能先這樣了嗎？
笑

可惡！這個女人應該已經知道
我不是巫師了吧！
我先自我介紹吧！我叫作翠絲佛，是皮斯村的魔女，接下來就聽聽我的想法吧！萊恩君♥

第12話　萊恩的味道

狩獵者：

在村莊中，
負責狩獵獸族的人稱為「狩獵者」，
他們往往是村莊中較為強悍的人類，
不負責村莊中的其他事項(如烹飪、種植、紡織等)。

等等、妳說的這個計畫不太妙吧？還是別這樣做好了！
相信我吧！
唔啊……萊恩！
相信她吧！巫師大人！
萊恩，你就是太容易相信別人了！
？

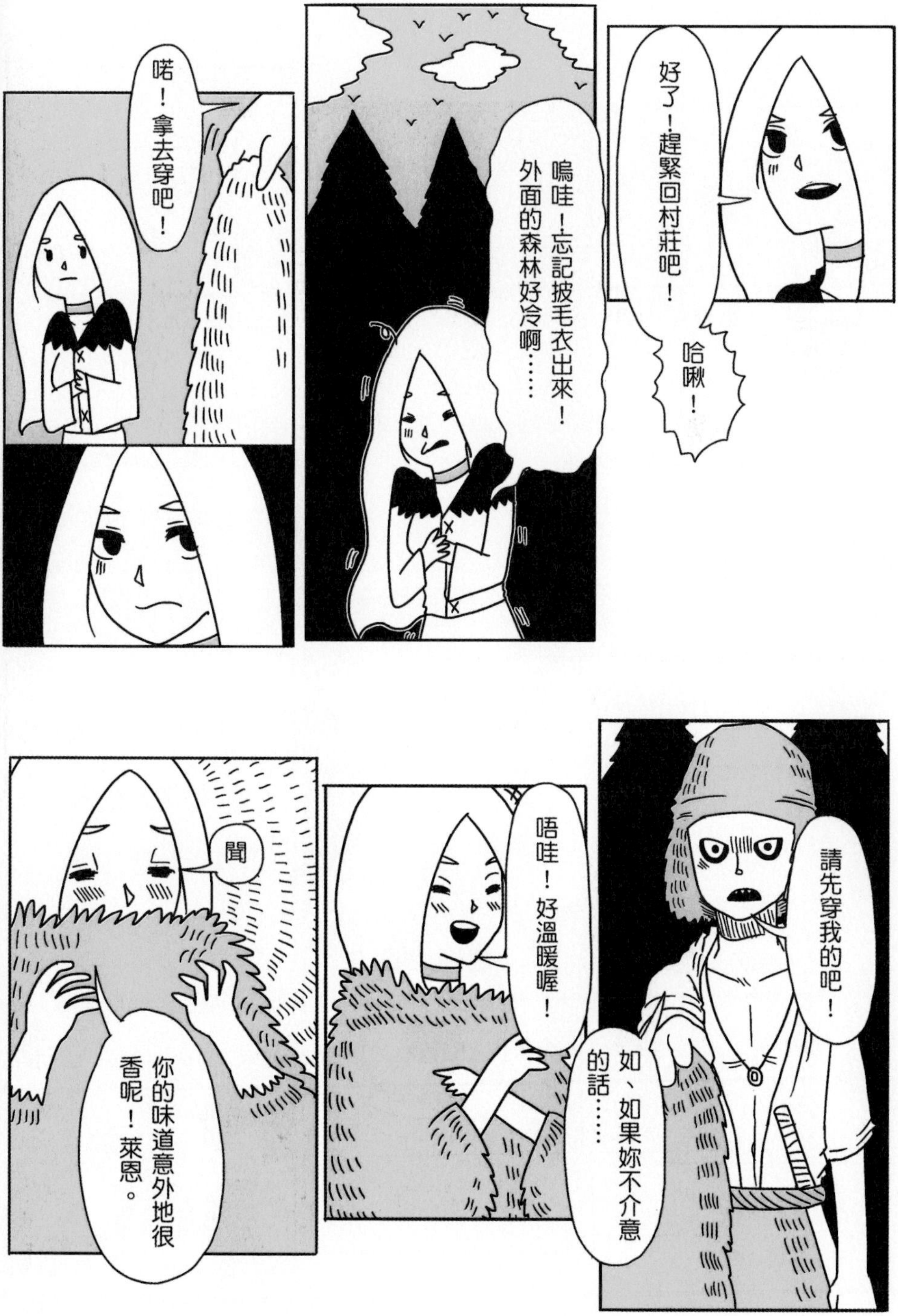
好了！趕緊回村莊吧！
哈啾！
嗚哇！忘記披毛衣出來！外面的森林好冷啊……
喏！拿去穿吧！
請先穿我的吧！
如、如果妳不介意的話……
唔哇！好溫暖喔！
聞
你的味道意外地很香呢！萊恩。

喔、喔！謝謝！
好想逃離這個世界。
今天把大家集合在此，是為了宣布一件重要的事！
怎麼了？魔女大人！

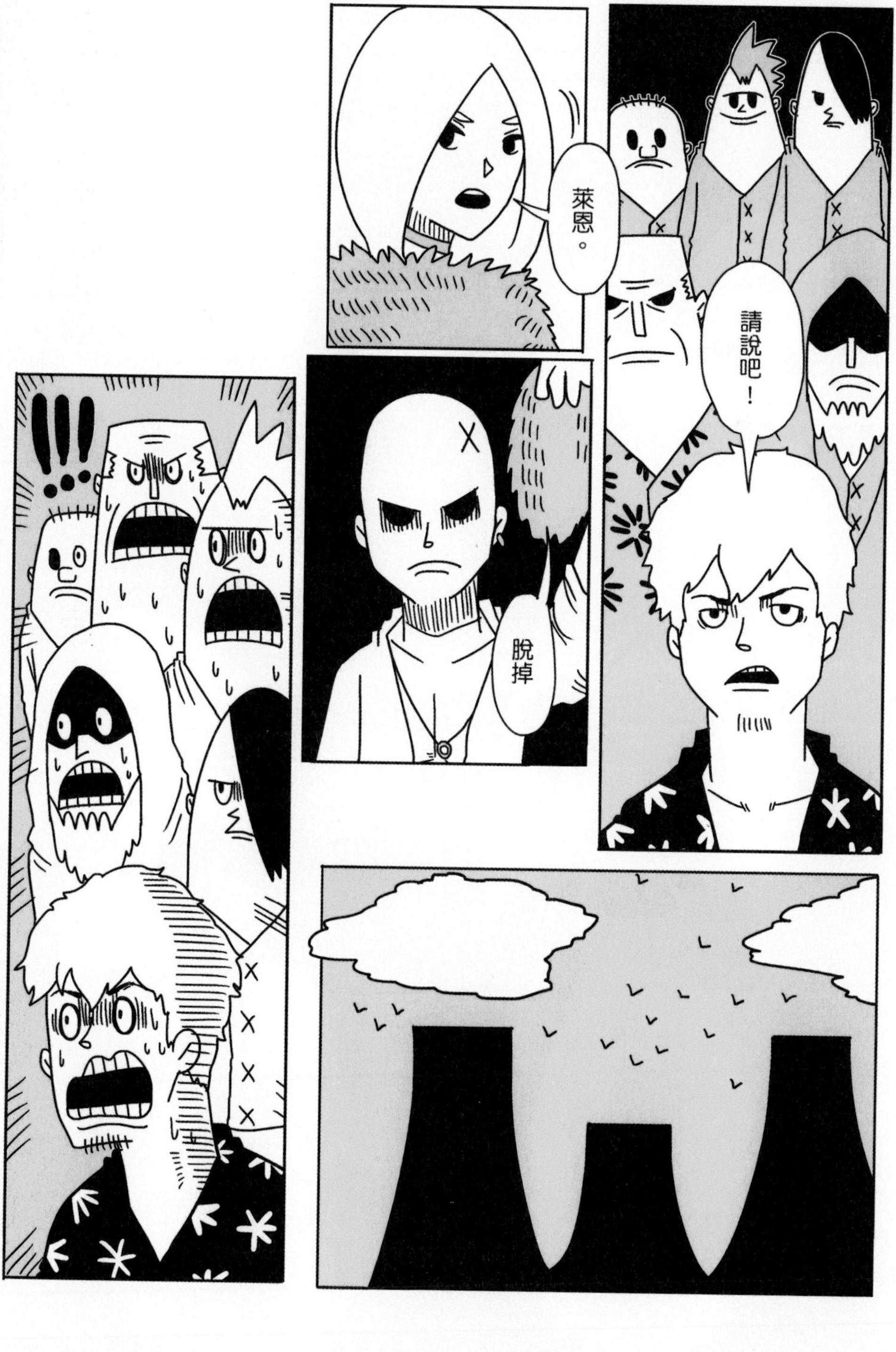
萊恩。
請說吧！
脫掉

是光頭村的人！
快來人把他給殺了！快！快！殺了他啊！
嗚哇！
給我住手！他並不是敵人！他是來幫助我們的！

而且我的命也是他救的！
剛剛我和史蓋爾在外面的森林被獸族襲擊，就是萊恩救了我！
雖然史蓋爾還是沒有逃過獸族的魔爪……
史蓋爾他……！
唔……
萊恩和我們一樣，都想要摧毀那個光頭村啊！安德！
即使如此我還是沒有辦法……
夠了，安德，就聽他們怎麼說吧。
!!

！！
如果他們真是敵人，怎麼可能還會出現在這裡？他們要逃的話早就逃了，冷靜點吧。
安德，別被過多的情緒影響。
嗚嗯。
嚇死我了！
這個人散發出很強的氣息啊！
啊啊……還是你講道理啊！熱火。安德就是太情緒化了！

……熱火！
也別怪他，畢竟光頭村對我們都造成不小的陰影，
好了，讓我們聽聽看你的說法吧，萊恩先生。

第13話　我相信你！

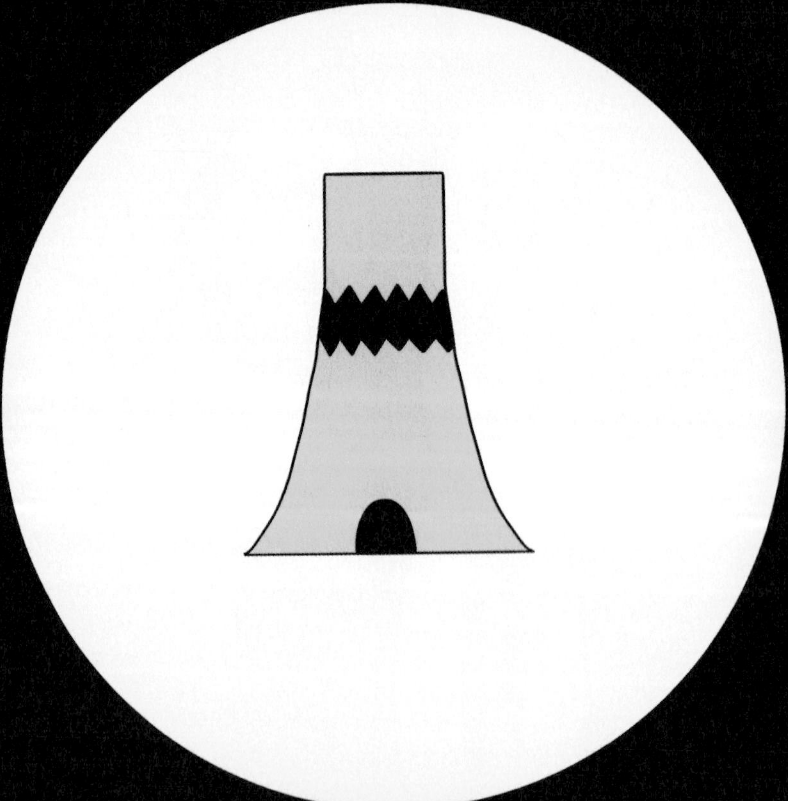

建築物：

在這未知世界中的建築物通常都不會蓋得太繁複，
因為就算蓋得太繁複，
遇到獸族也是一下子就被摧毀，
所以建築物主要以防寒為主，
以木頭、獸皮等材料建造而成。

說吧。
首先，我們的村莊並不叫光頭村，事實上，我們的村莊根本連名字都沒有。
沒有名字的村莊……

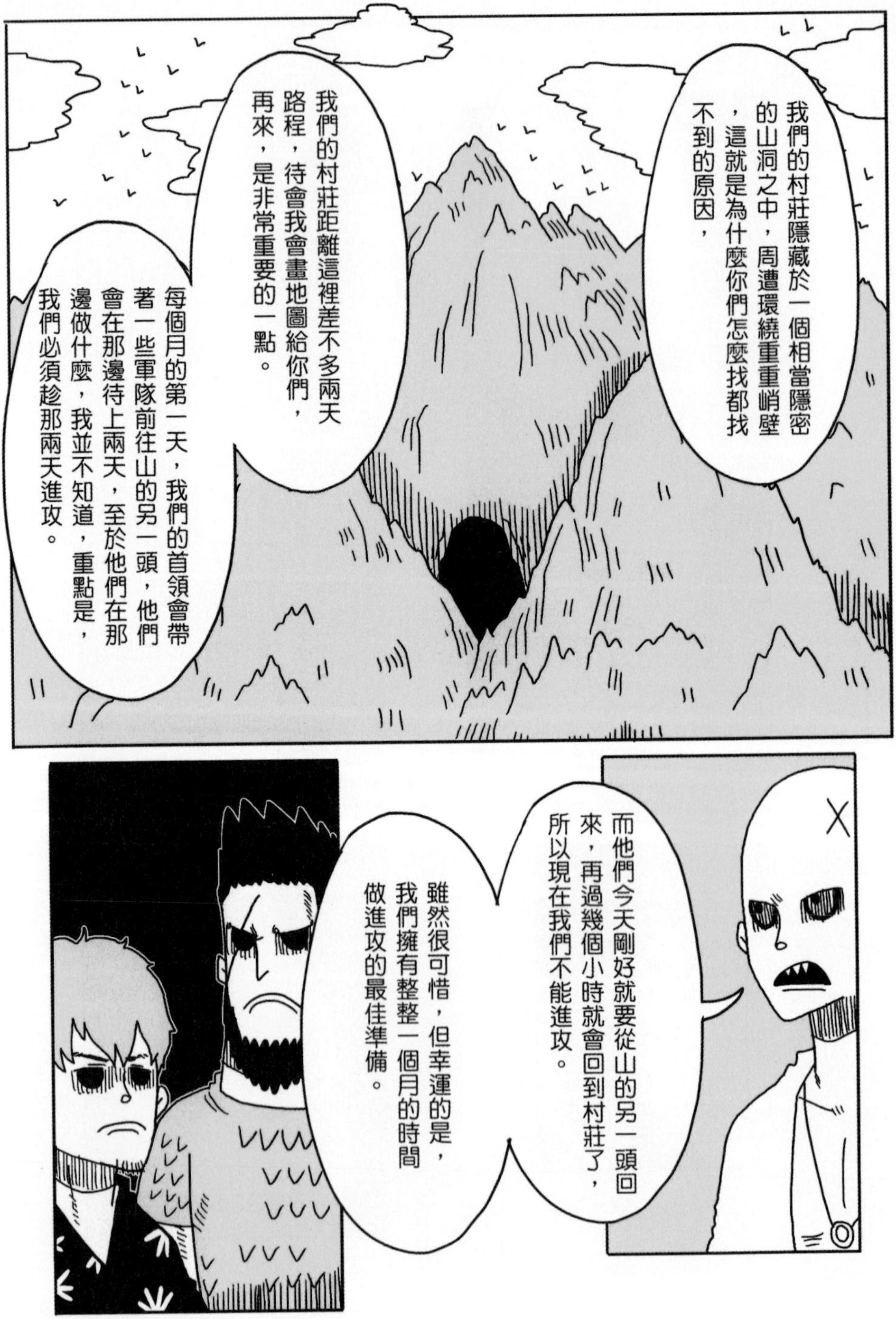
我們的村莊隱藏於一個相當隱密的山洞之中，周遭環繞重重峭壁，這就是為什麼你們怎麼找都找不到的原因，
我們的村莊距離這裡差不多兩天路程，待會我會畫地圖給你們，再來，是非常重要的一點。
每個月的第一天，我們的首領會帶著一些軍隊前往山的另一頭，他們會在那邊待上兩天，至於他們在那邊做什麼，我並不知道，重點是，我們必須趁那兩天進攻。
而他們今天剛好就要從山的另一頭回來，再過幾個小時就會回到村莊了，所以現在我們不能進攻。
雖然很可惜，但幸運的是，我們擁有整整一個月的時間做進攻的最佳準備。

!!?
不好意思，什麼是「月」？什麼是「小時」？我實在是聽不太懂啊！
根據《先民的智慧》記載，一個白天和晚上就是一天，一天又分為二十四個小時，而月呢，就是觀察月亮圓缺現象來計算的，大約三十天為一個週期，
也就是三十天為一個月，而三個月又為一個季節，四個季節又為一年，這樣解說你聽得懂嗎？
我知道一個白天和晚上就是一天，但是其他的我完全聽不懂！
《先民的智慧》又是什麼？

連這些常識都不知道？我說你啊，真的是巫師嗎？
剛進村莊的時候，萊恩頭上有著一頭長髮沒錯吧？
咦？真的耶！
那是我變出來的。
!!
不相信的話，我也可以把你的頭髮給變不見！
千萬不要啊！我很滿意我的頭髮啊！我相信！我相信你！

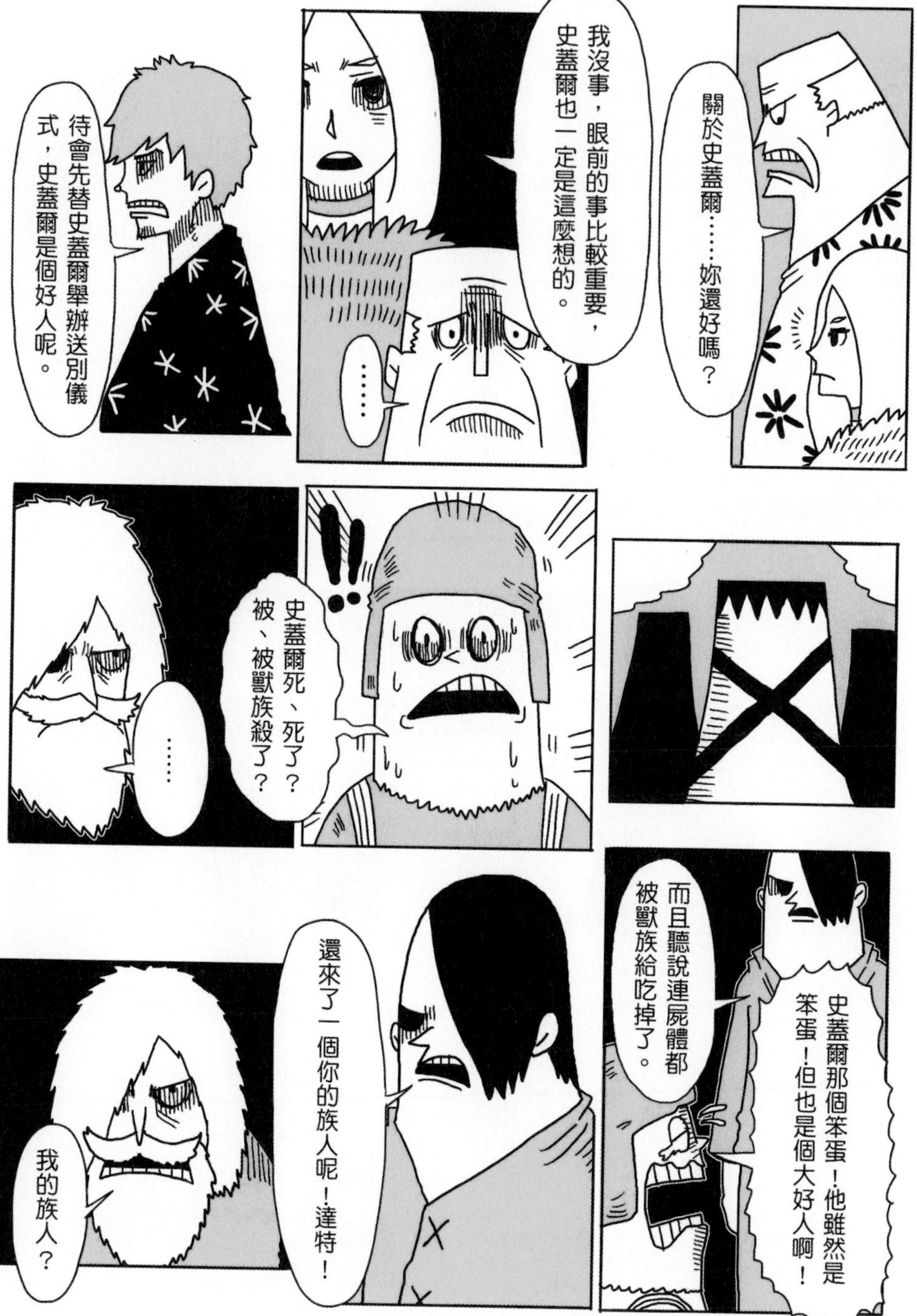
關於史蓋爾……妳還好嗎？
我沒事，眼前的事比較重要，史蓋爾也一定是這麼想的。
……
待會先替史蓋爾舉辦送別儀式，史蓋爾是個好人呢。
!!
史蓋爾死、死了？被、被獸族殺了？
……
史蓋爾那個笨蛋！他雖然是笨蛋！但也是個大好人啊！
而且聽說連屍體都被獸族給吃掉了。
還來了一個你的族人呢！達特！
我的族人？

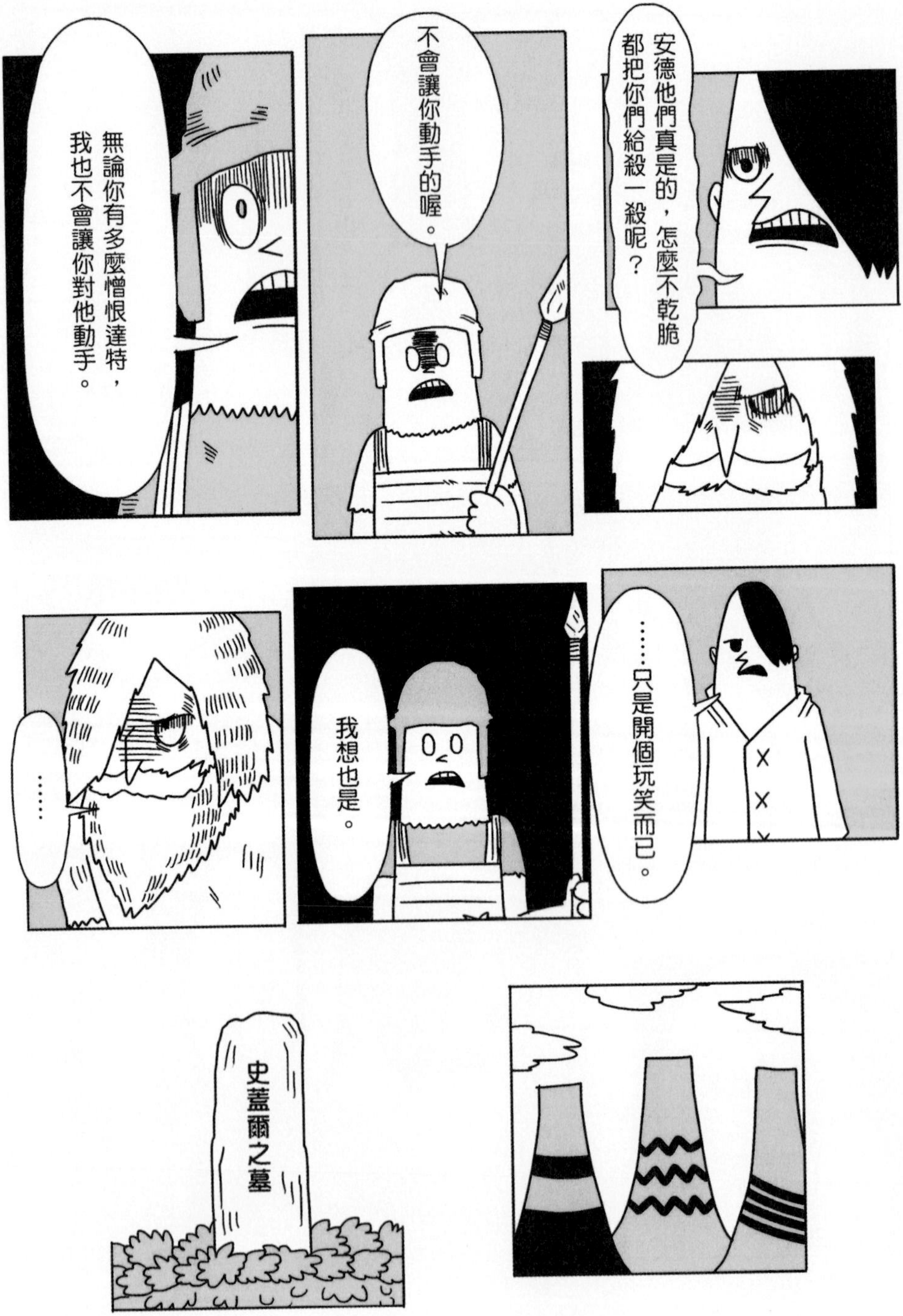
安德他們真是的，怎麼不乾脆都把你們給殺一殺呢？
不會讓你動手的喔。
無論你有多麼憎恨達特，我也不會讓你對他動手。
……只是開個玩笑而已。
我想也是。
……
史蓋爾之墓

願我們親愛的史蓋爾能夠一路好走，願史蓋爾的靈魂與皮斯村同在。
翠絲佛！妳不是有預知能力嗎？怎麼會讓妳哥哥被獸族殺死呢？
我有的不過就是預知能力，可不是萬能的全知啊。
巫師先生。
你不是想知道什麼是《先民的智慧》嗎？讓我來告訴你吧！

第14話　你的表情

弱小的獸族：

在這未知世界上還有許多弱小的獸族，
牠們並不會對人類造成危害，
只是單純的生活在這個世界上。

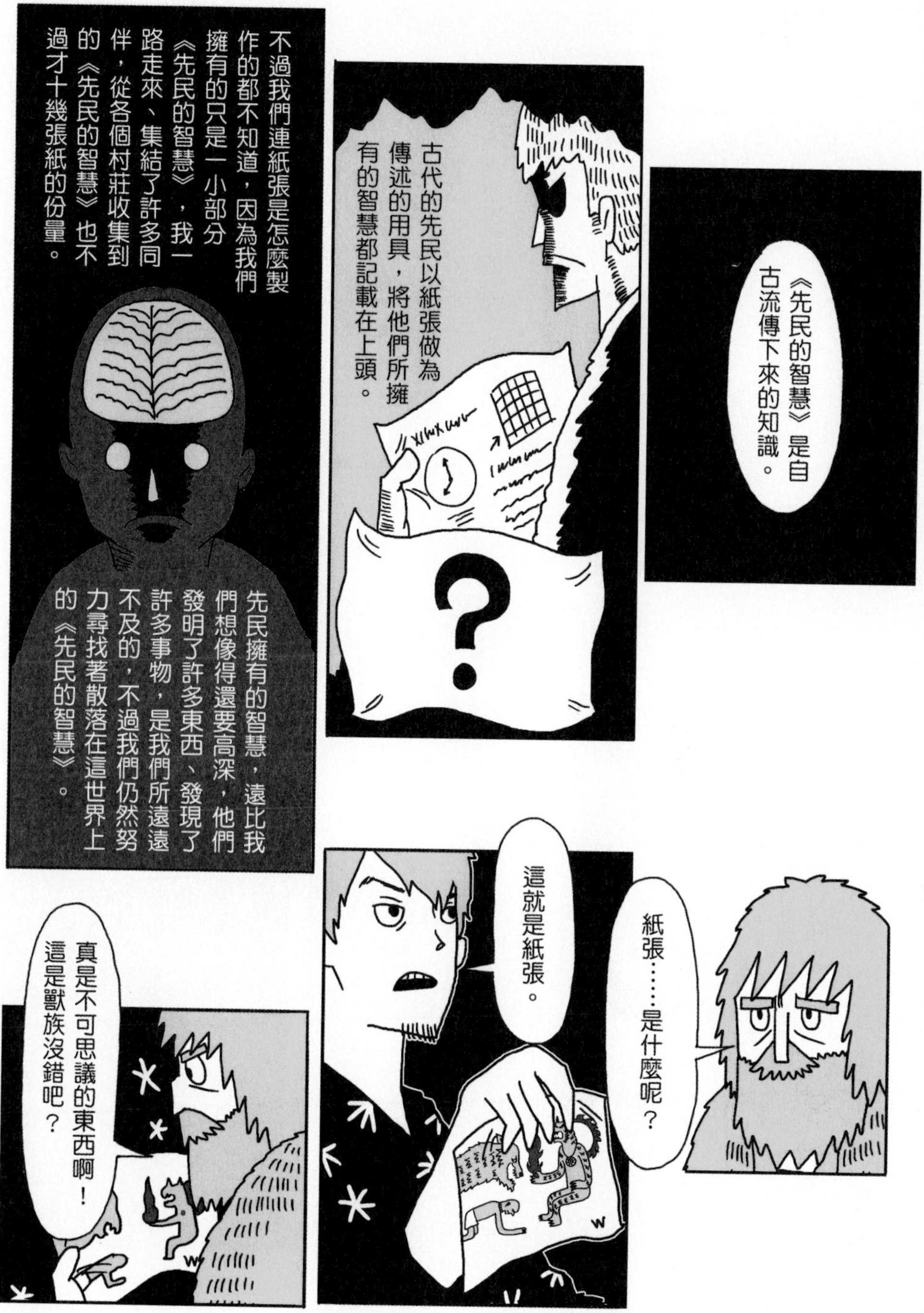
《先民的智慧》是自古流傳下來的知識。
古代的先民以紙張做為傳述的用具，將他們所擁有的智慧都記載在上頭。
不過我們連紙張是怎麼製作的都不知道，因為我們擁有的只是一小部分《先民的智慧》，我一路走來、集結了許多同伴，從各個村莊收集到的《先民的智慧》也不過才十幾張紙的份量。
先民擁有的智慧，遠比我們想像得還要高深，他們發明了許多東西、發現了許多事物，是我們所遠遠不及的，不過我們仍然努力尋找著散落在這世界上的《先民的智慧》。
紙張……是什麼呢？
這就是紙張。
真是不可思議的東西啊！
這是獸族沒錯吧？

這個符號是……
這是先民的文字，唸作「W」。
這跟我和摩提待過的山洞裡的符號一樣！
那、那你們又怎麼知道先民的文字怎麼唸呢？而且怎麼會知道這世界上還有許多沒找到的《先民的智慧》？
因為翠絲佛的父親是守護《先民的智慧》的管理員，管理員不但擁有許多相關的知識，也積極地保護這些知識不被獸族摧毀。管理員分散在世界各處，對人類來說是非常重要的存在，雖然翠絲佛的父親在多年前就被獸族殺了……
翠絲佛……
萊恩，你又為什麼想要摧毀自己的村莊？

因為我原先的村莊就是被他們給摧毀的！這樣的理由十分足夠了吧？
這個村莊的首領叫作「加德曼」，他會不斷摧毀其他村莊，並且將能用的人抓回去當村民——不、應該說是奴隸！然後將他們剃成光頭並且烙上烙印！
帶你去見一個人吧。

我帶了一個人來見你。
！
達特！
安德先生。
……
達特先生！
萊恩他不會有事吧？
別杵在那邊了！
我先帶你認識一下我們的村莊吧！
我可以——
和他稍微獨處一下嗎？
嗯，席夫，你先在外面守著吧。
好的。

這是什麼東西？
這、這是煮菜用的鍋子，某方面來說你也真厲害啊。
巫師大人，請您品嚐看看吧！
喝下
!!
好好吃嗚哇啊啊啊啊！
那真是太好了！
這又是什麼？
這是農地喔！巫師大人！
我們自己種植蔬菜，食物方面就可以自給自足了！當然肉的話還是得靠打獵啦！

這個村莊的智慧實在是太令人震撼了！
我原先以為巫師會更聰明一些！
你是要期待什麼？他能用魔法就足夠了吧？
唔！也是！
妳的哥哥和父親都離開妳了，想必妳很難過吧？很抱歉我沒幫上什麼忙。
魔女可是很堅強的！你別擔心我了，以村莊為重吧！
對於他們的死亡，我可是一點都不難過唷。
應該是說，我非常的高興啊！
安德！安德！

快點帶我去看更多東西啦！這個村莊實在是太厲害了！
當然好啊，我真好奇你以前過的是什麼樣的生活啊……
不斷的逃跑。
在成為巫師以前，我每天都為了躲避獸族而不斷的逃跑逃跑逃跑逃跑逃跑！
我從來沒有在同一個地方待太久，沒有一個地方是我的家！

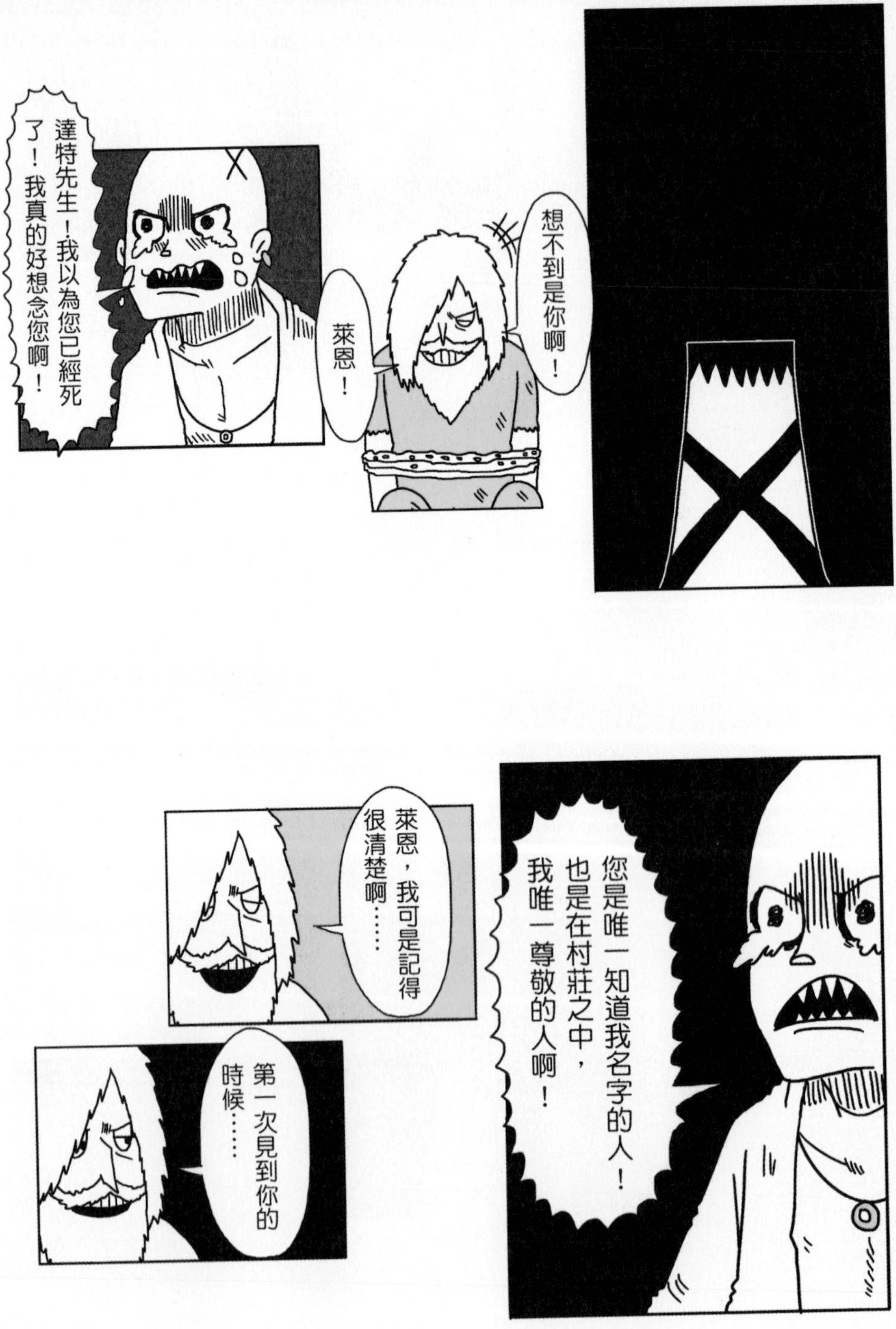
想不到是你啊！
萊恩！
達特先生！我以為您已經死了！我真的好想念您啊！
您是唯一知道我名字的人！也是在村莊之中，我唯一尊敬的人啊！
萊恩，我可是記得很清楚啊……
第一次見到你的時候……

你的表情，我永遠都會記得。

第15話 很沉，但不重。

翠絲佛：

被皮斯村的人稱為「魔女」，
其能力和身世目前尚未知曉，
名字的意思為「轉變」。

媽媽！媽媽！不要丟下我一個人啊！
媽媽……
可惡……
我會帶著妳的耳環和妳的靈魂……
戴上
殺了他們！為妳復仇！
殺光你們……
殺光你們！
發現了！
！

喀鏘！
夠了！加德曼！
別生氣啦！達特哥！
我聽你的就是了！
他就交給你吧！

小伙子……你的表情很棒，給我永遠記住現在的表情吧！
我不叫作小伙子！我叫作萊恩！
是嗎？是個好名字呢。
別亂動！
會剃到頭皮！
高溫
滋——
嗚啊啊啊啊啊啊啊啊啊啊！

你們這群新來的！從現在起，你們沒有名字！名字必須要由加德曼大人賜予！賜名是至高無上的光榮！
絕對要殺光你們！
你們快點攻擊啊！
WOOOOOOOOO
不要害怕牠！
牠只是低等獸族啊！

好、好可怕！
你們這群新來的真是窩囊啊！
給我看好了！
好厲害！
現在的我，果然還是沒有辦法替媽媽復仇……
真無力啊。

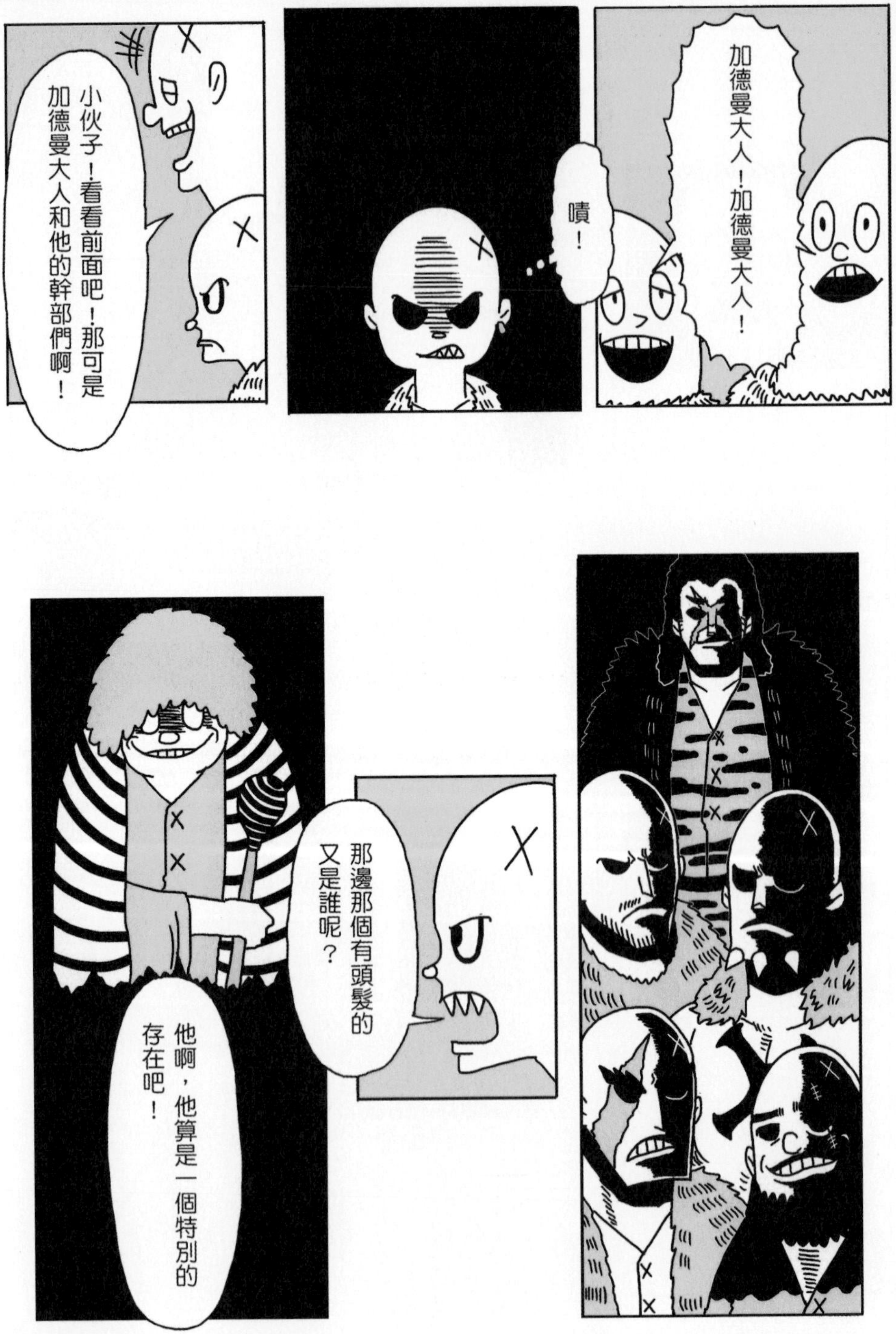
加德曼大人！加德曼大人！
嘖！
小伙子！看看前面吧！那可是加德曼大人和他的幹部們啊！
那邊那個有頭髮的又是誰呢？
他啊，他算是一個特別的存在吧！

在那之後，我每天都不斷地鍛鍊自己，每一次打獵我都會參與，在打獵之餘，我也不忘要訓練體能。
漸漸的，我越來越厲害了，雖然還是遠遠不及村莊的幹部們。
你的刀子斷掉了啊？
這兩把刀子給你吧！這可是上好的獸骨製成的！
不過對你來說可能太重了，還是等你長大再……
給我。

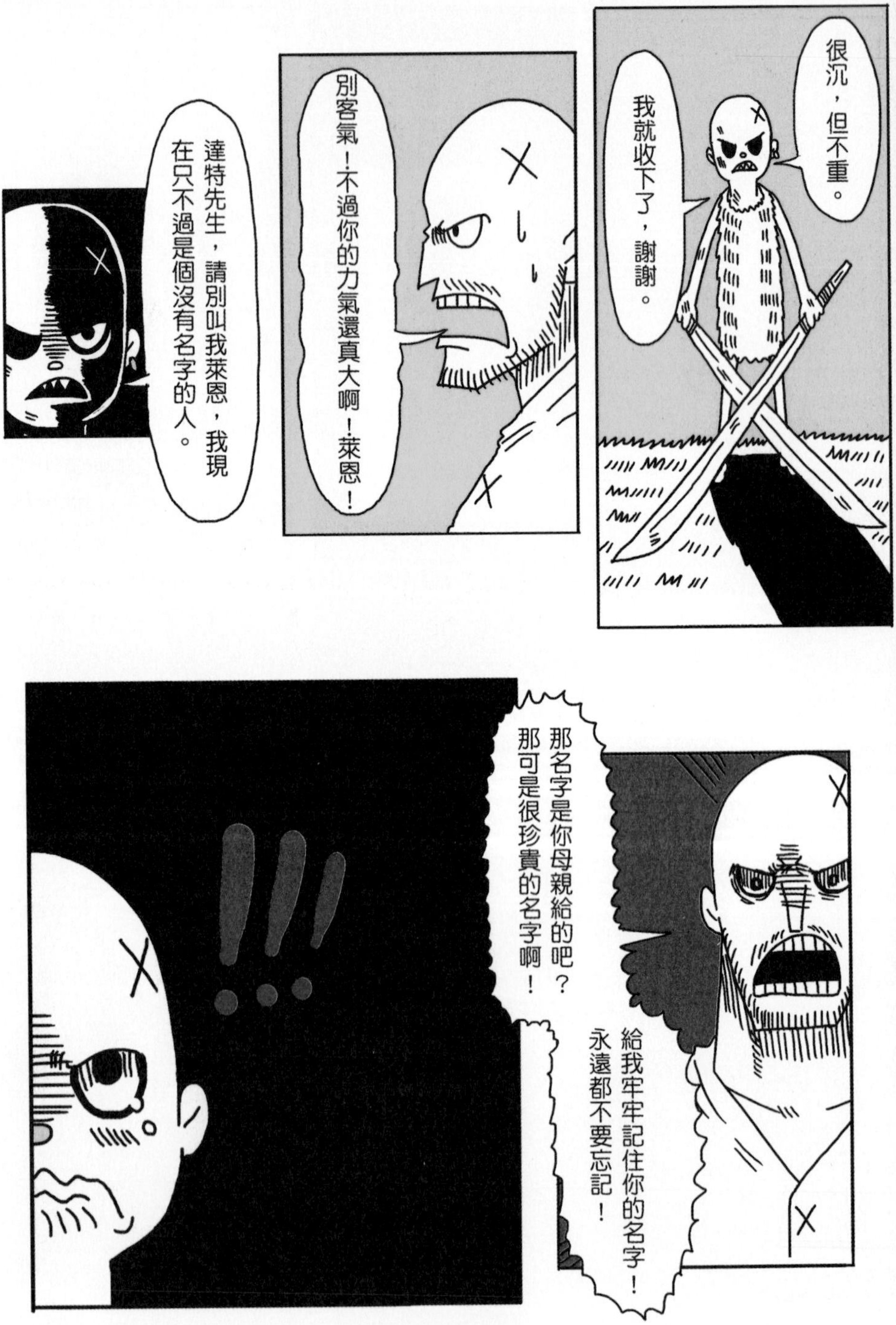
很沉，但不重。
我就收下了，謝謝。
別客氣！不過你的力氣還真大啊！萊恩！
達特先生，請別叫我萊恩，我現在只不過是個沒有名字的人。
那名字是你母親給的吧？那可是很珍貴的名字啊！
給我牢牢記住你的名字！永遠都不要忘記！

第16話　無人知曉的猛獸

料理：

已經有一部分的人類懂得料理這項技術，
用蔬菜、肉類、香料調配出美味的食物，
豐富的料理會帶給人類滿滿的活力，
因此，廚師在村莊中的地位算是滿高的。

達特先生，您是怎麼來到這個村莊的呢？
您也是被抓來的嗎？
啊啊，是啊，跟你一樣。
您就不恨加德曼嗎？
在那之後，達特先生開始在私底下訓練我，為了要讓我變得更強。

就這樣，七年過去了。
你已經變得很強大了，你甚至比任何一名幹部都還要強了，萊恩。
你是個天生的強者，就像你的名字一樣，你是一頭兇猛的獅子！

加德曼會賜予強者名字。
但是你不需要，你要在這個村莊裡面當一頭無人知曉的猛獸。
啊啊，我很感謝您，達特先生，您說得沒錯，
我不需要他給的名字，我有我自己的名字。
達特先生，至今我仍然不知道您為何要這樣訓練我，我甚至不知道您究竟是恨著這個村莊還是愛著這個村莊！
我啊，我愛人類啊！
接著就到了那一天。

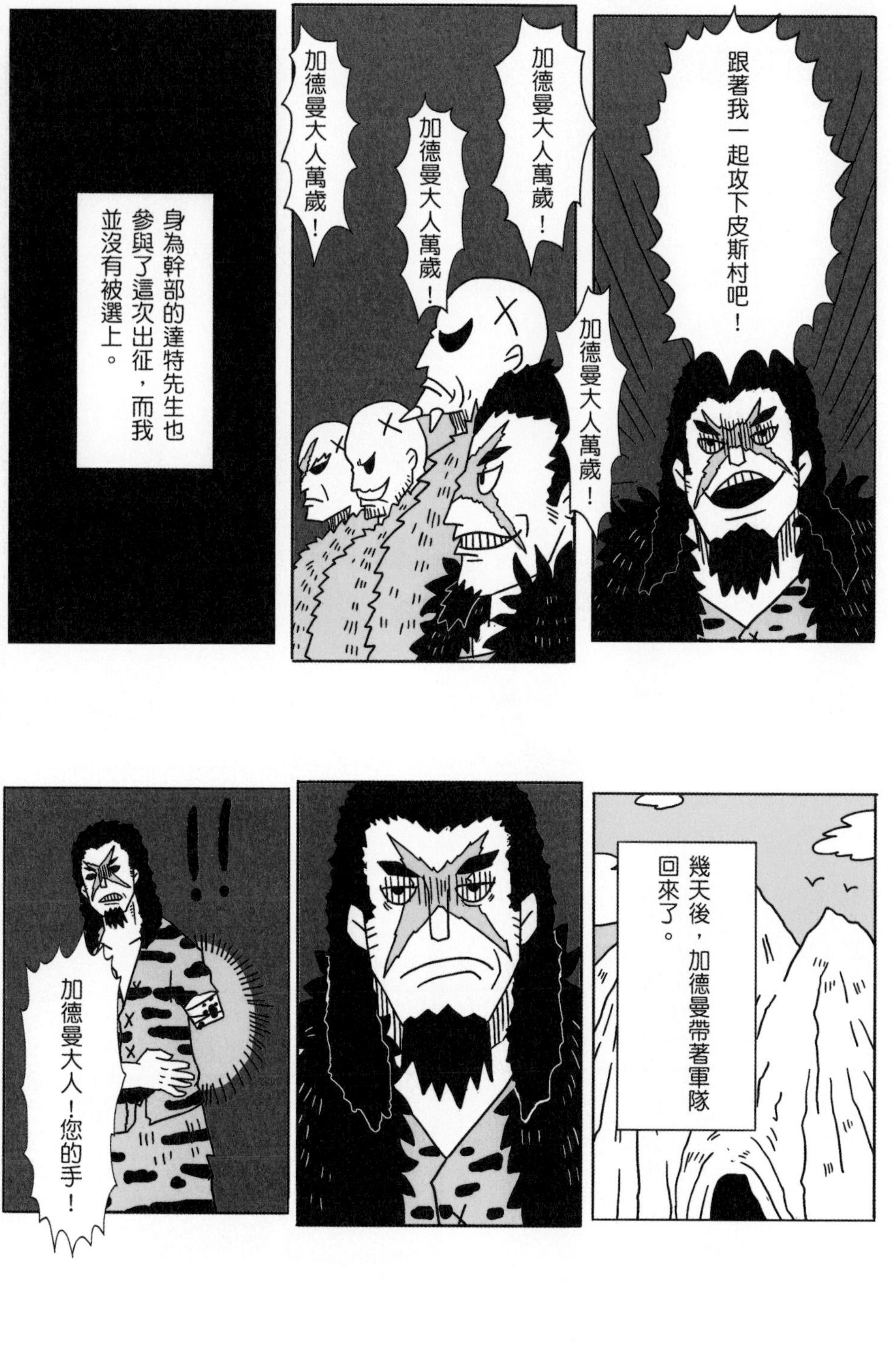
跟著我一起攻下皮斯村吧！
加德曼大人萬歲！
加德曼大人萬歲！
加德曼大人萬歲！
加德曼大人萬歲！
身為幹部的達特先生也參與了這次出征，而我並沒有被選上。
幾天後，加德曼帶著軍隊回來了。
!!
加德曼大人！您的手！

我的手不算什麼，倒是達特被他們給擄走了！
我來不及把他救出來，皮斯村那邊有個怪物！
達特現在一定被他們嚴刑拷打著，
又或者，他已經死了……
達特先生！
接下來的三年，我感到孤單極了，但我並沒有因此輕舉妄動，我依舊耐心等待可以報復的機會。
想不到現在竟然在這裡遇到了您！
哈哈哈！命運啊！

那你現在有什麼打算呢？
我要去說服他們把您給放出來！
放出來，然後呢？
我要和皮斯村一同去摧毀我們的村莊！就算違背您的意思，我也非得這樣做！
我從來都沒有要阻止你的意思啊，萊恩。

我很好奇啊，萊恩，事情到底會發展成什麼樣子呢？
……
你說在成為巫師以前，那你到底是怎麼成為巫師的呢？巫師難道不是與生俱來的能力嗎？
呃、呃！該怎麼說呢……
我知道喔！就讓我來跟你解釋吧，安德。
不妙啊！

第17話　我想我懂了

奇妙的山：

沃夫和摩提曾經待過的山洞，
其外觀相當奇特。

巫師在得到法力之前，就只是個普通的凡人，至於要怎麼得到法力，是很難用言語去解釋的。
畢竟法力就是大自然所賜予的恩惠啊！
原來如此，我以前都不知道！
沒、沒錯，就是這樣！
我就繼續帶你參觀吧！
好、好的！
這裡是？

這裡是軍營，我們的戰士都是在這邊進行訓練。
刺擊！
刺擊！
皮斯村現在的戰士總共有一百五十一人，除了打獵，
最重要的就是要對付那個光頭村！
你們就這樣相信我們了嗎？
說實話，我還沒有完全相信你們。
但是熱火選擇相信你們。
而我相信萊恩眼神之中的憤怒，因為我也有過同樣的眼神。

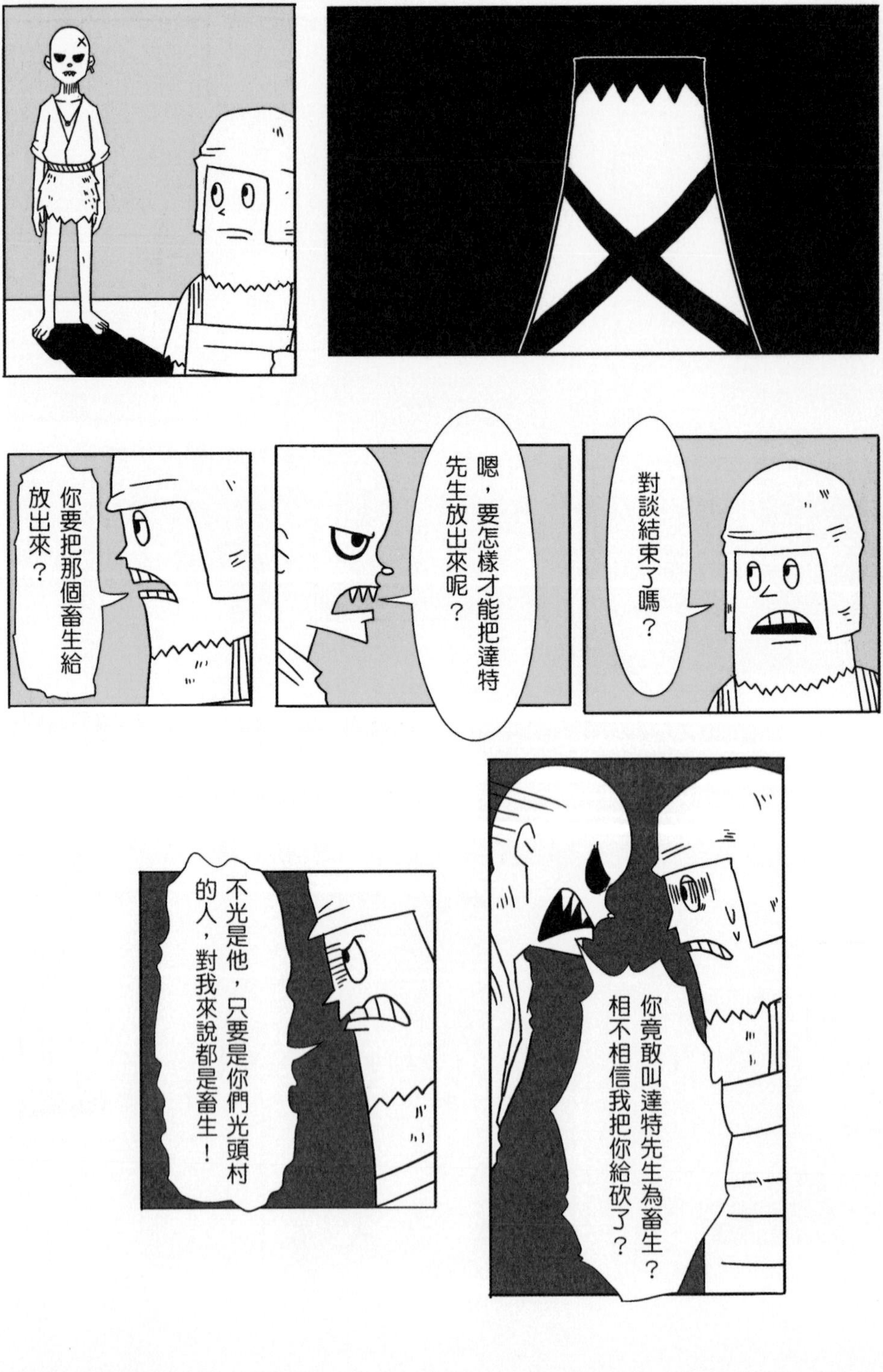
對談結束了嗎？
嗯，要怎樣才能把達特先生放出來呢？
你要把那個畜生給放出來？
你竟敢叫達特先生為畜生？相不相信我把你給砍了？
不光是他，只要是你們光頭村的人，對我來說都是畜生！

我的母親可是被光頭村的人給殺害的啊！就在我的眼前啊！
我難道能不恨你們嗎？你要我把矛頭指向誰？
……！
我知道你的感受。
!?
我的母親也是被他們殺掉的啊！
……

對於達特，
就算他救了很多皮斯村的人，但還是很多人憎恨著他。
我知道他算是個好人，但那又如何？不是所有人都能夠理性看待達特的啊！
現在放他出來，說不定下一秒他就被村民攻擊了啊。
你說得沒錯，席夫。
我也很感謝達特當時出手相救，但是將他關起來才是對他的保護，事實上，你在這個村莊的處境也一樣很危險呢，萊恩。
熱火先生……
我們會盡可能保護你不被憤怒的村民攻擊，而關於達特一事，得先和安德討論過才是。
找我嗎？熱火。

你們在討論什麼？
巫師大人呢？
我剛剛帶他參觀完皮斯村，他現在……
跟魔女在一起。
為什麼要把我帶到村莊外面？
有些事情還是不要在村莊裡面談論比較好，
冒牌巫師♥
果然被發現了嗎?!
你那個會發光的東西，我早就在其他地方看過了，
那根本就不是魔法啊。

妳、妳在哪裡看過？這到底是什麼東西？
我才不告訴你咧～～～～
我說啊，
你是不是巫師，對我來說都無所謂，皮斯村會怎樣也都無所謂！說真的，村民的死活關我屁事！
重要的是，因為你們的出現，讓我無趣的生活多了幾分樂趣啊！
為什麼要跟我說這些，因為妳有我的把柄嗎？
或許吧，也或許我沒辦法在皮斯村裡表現這一面，啊啊，發洩一下果然痛快！
皮斯村的人都不知道妳有這麼可怕的一面嗎？

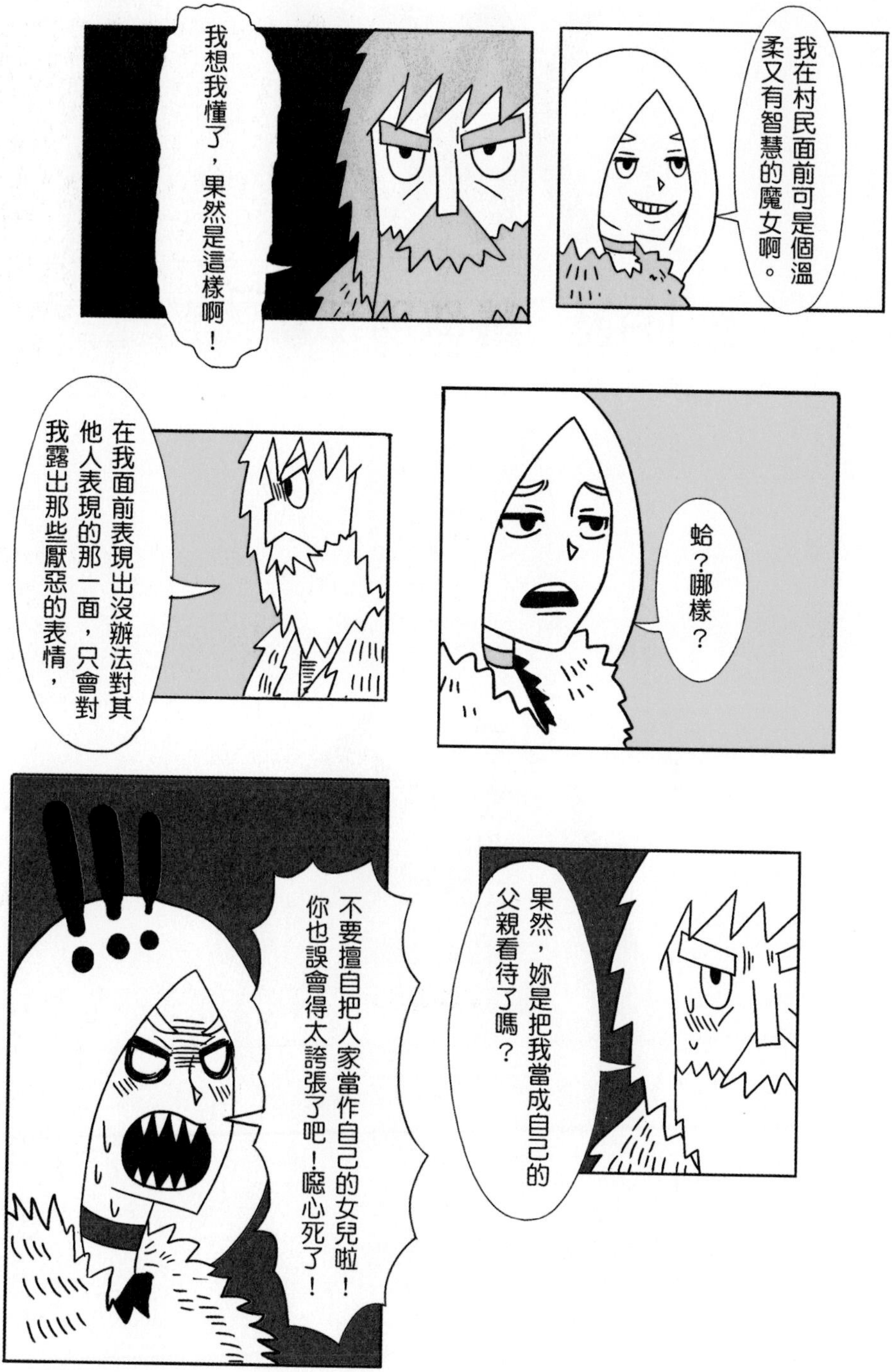
我在村民面前可是個溫柔又有智慧的魔女啊。
我想我懂了，果然是這樣啊！
蛤？哪樣？
在我面前表現出沒辦法對其他人表現的那一面，只會對我露出那些厭惡的表情，
果然，妳是把我當成自己的父親看待了嗎？
不要擅自把人家當作自己的女兒啦！你也誤會得太誇張了吧！噁心死了！

第18話　請你別那樣說話

安德：

皮斯村的村長，擁有許多知識，
與哥哥熱火一同建立起皮斯村，
名字的意思為「和」。

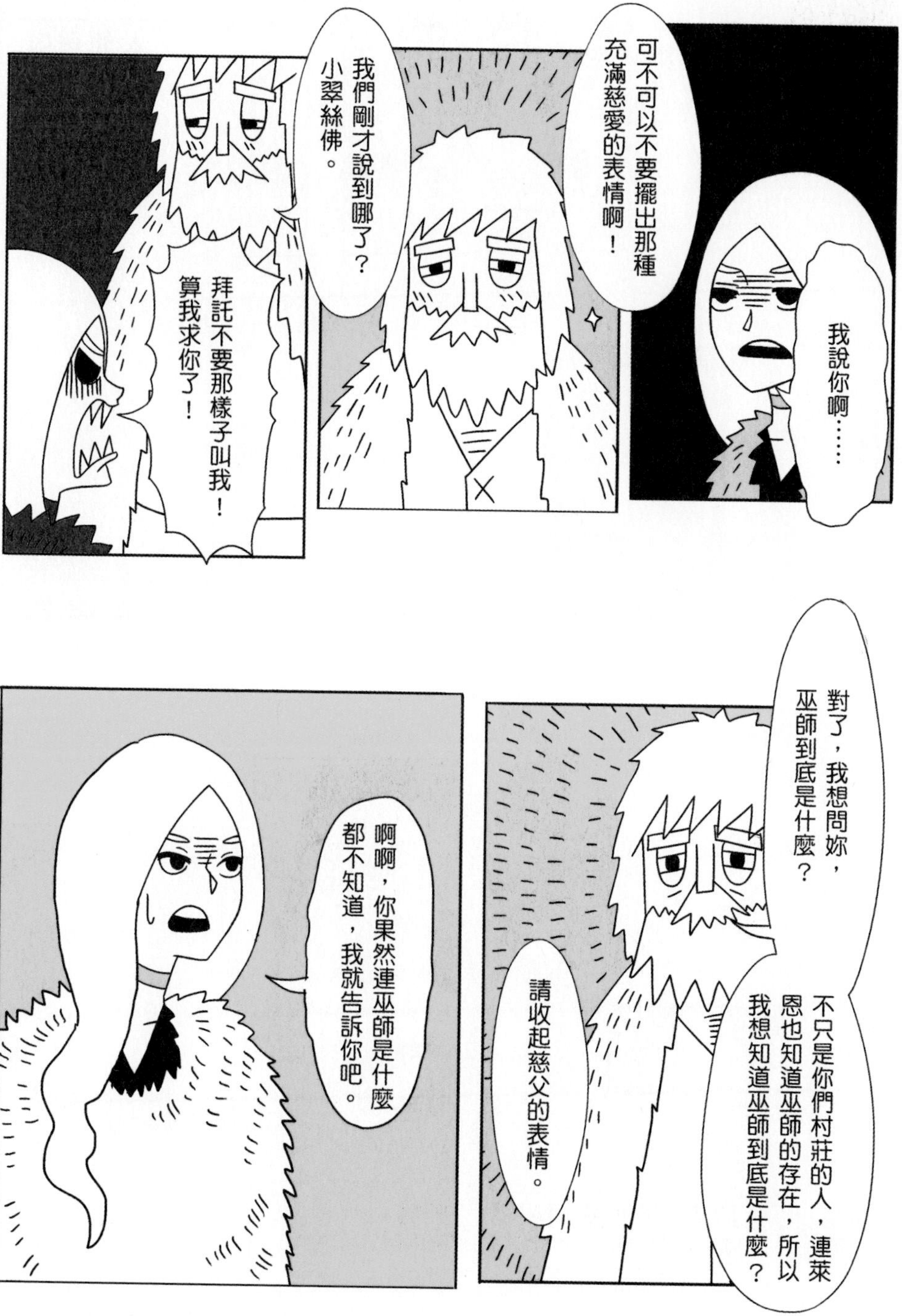
我說你啊……
可不可以不要擺出那種充滿慈愛的表情啊！
我們剛才說到哪了？小翠絲佛。
拜託不要那樣子叫我！算我求你了！
對了，我想問妳，巫師到底是什麼？
不只是你們村莊的人，連萊恩也知道巫師的存在，所以我想知道巫師到底是什麼？
請收起慈父的表情。
啊啊，你果然連巫師是什麼都不知道，我就告訴你吧。

在這片土地上，有一位會使用強大魔法的人類，他利用魔法擊退了獸族、救了許多人類，
皮斯村裡頭有許多原本是其他村莊的人，其中一些人被這個巫師救過，不過都沒人看過他的真面目。
所、所以他們是把我誤認為那個巫師了嗎？
誰知道呢？
我還要問妳，什麼是地圖啊？
你真是……無知到讓人充滿成就感啊！
唔啊……

剛好我有帶地圖，
出門帶地圖是基本常識喔！
啊啊，妳真是個乖孩子呢！小翠絲佛！
請你別那樣說話。
我們所知道、探索過的地方會記錄在一張獸皮上，而這種記錄方式被先民稱為「地圖」。
那個旗子就是皮斯村，一棵樹則代表一片森林，其他的就是河流、山以及草原。
然後小圈圈就是一個村莊，打勾的就是已經加入我們的，打叉的則是已經被消滅的。
那個野獸的頭是什麼意思？
超大型獸族！

超、超大型獸族？聽起來好像非常可怕啊！
你連這個都不知道？
嗯、嗯啊……
真是的。
平常我們看到的就是低等獸族，
超大型獸族的體型則比低等獸族大上好幾倍，
再來就是最可怕的高等獸族，牠們的體型和外表跟人類差不多，是這個世界的主宰者。
高等獸族具有高度的智慧以及神秘的力量，可以靠著一人之力輕易摧毀一個村莊，在牠們面前，人類就好比螻蟻一般。
除了低等獸族，其他獸族我都沒有遇過。

這是好事啊，高等獸族可是非常可怕的。
我已經親身體會過牠們的恐怖之處了。
親身體會過？
沒事！沒事！
妳對於這個世界抱著什麼樣的看法呢？
事實上，我很痛恨這個世界啊。
從有意識以來，我就不斷在逃跑。
漸漸地，我認為逃跑是一件理所當然的事情，慢慢地不再去質疑這個荒謬的世界。
我生在這個世界上到底是為了什麼？為了不斷逃離獸族的魔爪嗎？為什麼我非得活得這麼辛苦呢？

撿到這個東西時，我還以為可以利用它來改變這個世界，很愚蠢吧！
我明明連這個是什麼東西都不知道啊……
我就跟你說吧，我曾經看過這個東西，是在——
高等獸族的手上。
?
我的能力告訴我，那個是你碰巧撿到的，所以我知道你並不是高等獸族那邊的人。
有些人類，為了要讓自己活命，可是連靈魂都可以出賣給高等獸族啊。
啊啊！算了！不講這個了！
我剛才說的話，都別讓皮斯村的人知道，懂了嗎？
嗯。

還是你要趁現在逃跑呢？被發現是冒牌巫師可是很不妙的吧？而且萊恩的死活應該也跟你無關吧？
我不會逃跑的。
我也曾經想要逃跑，但是萊恩如此信任我，我不能背叛他！這可是我這輩子第一次這麼被需要啊！
妳身為皮斯村的魔女大人可能不明白，沒有被任何人需要的感覺是什麼。
如果真的因此而賠上性命也無所謂了，我活到現在已經夠本了。
但是萊恩還年輕，我要在一旁保護他……雖然都是他在保護我啦！
我真是錯怪你了，我還以為你是個膽小的懦夫呢！
我是啊，有可能回到皮斯村以後我就會開始後悔了！
哈哈哈！

第19話　那妳就睡這吧

熱火：

安德的哥哥，擁有強大無比的力量，
為皮斯村的「狩獵者隊長」，
名字的意思為「愛」。

很抱歉，我決定還是不能放達特出來，基於我的立場，有太多需要考量的事情了。
什麼?!
我不是說了嗎？達特先生是好人！他會幫助我們一起……
夠了，萊恩，我從來都沒有說過我會幫助你啊。
!?
我是很好奇接下來的發展，但這並不代表我想要參與啊！我沒什麼能夠幫你的了，萊恩！
起身
事實上，我並不討厭被關在這裡啊！

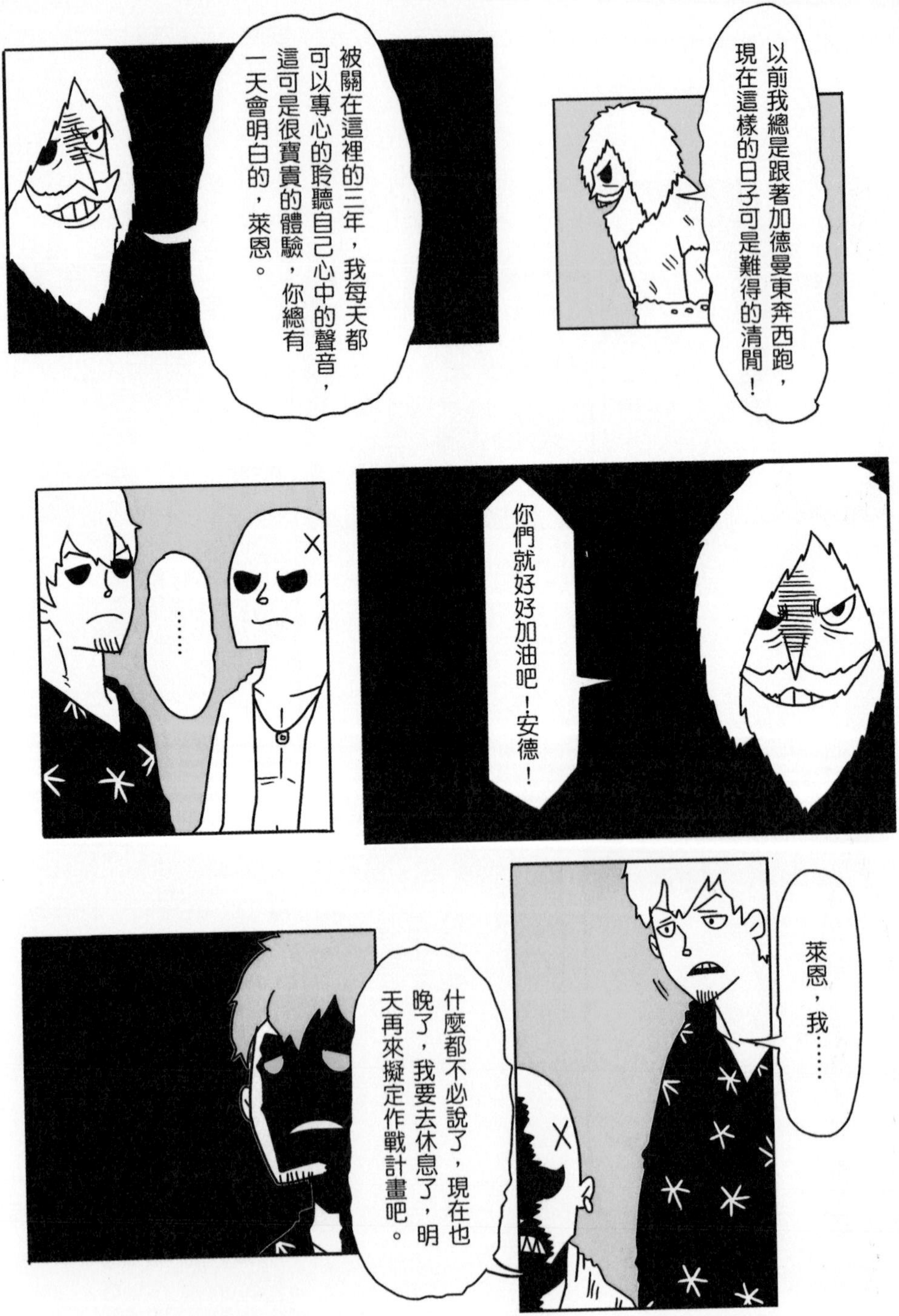
以前我總是跟著加德曼東奔西跑，現在這樣的日子可是難得的清閒！
被關在這裡的三年，我每天都可以專心的聆聽自己心中的聲音，這可是很寶貴的體驗，你總有一天會明白的，萊恩。
你們就好好加油吧！安德！
……
萊恩，我……
什麼都不必說了，現在也晚了，我要去休息了，明天再來擬定作戰計畫吧。

萊恩！
我回來了！你沒事吧？表情看起來不太對勁啊！
不管怎樣我都會站在你這邊的，放心吧！
!?
嗚哇啊啊啊啊啊啊！
巫師大人哇啊啊啊！
別看我啦！我不知道！
原來發生了這種事情啊，難怪你會這麼難過！
這床真的好軟啊！
不過我實在也幫不上太大的忙，我那個魔法啊，也不是想放就放得出來！

您什麼都不用做。
您能夠支持我就足夠了。
萊恩該不會……
也把我當作父親了吧？真是傷腦筋啊……
我很喜歡這樣的夜晚啊！萊恩！
是因為有這張柔軟的床嗎？哈哈哈！
不，是因為有人陪伴。
……

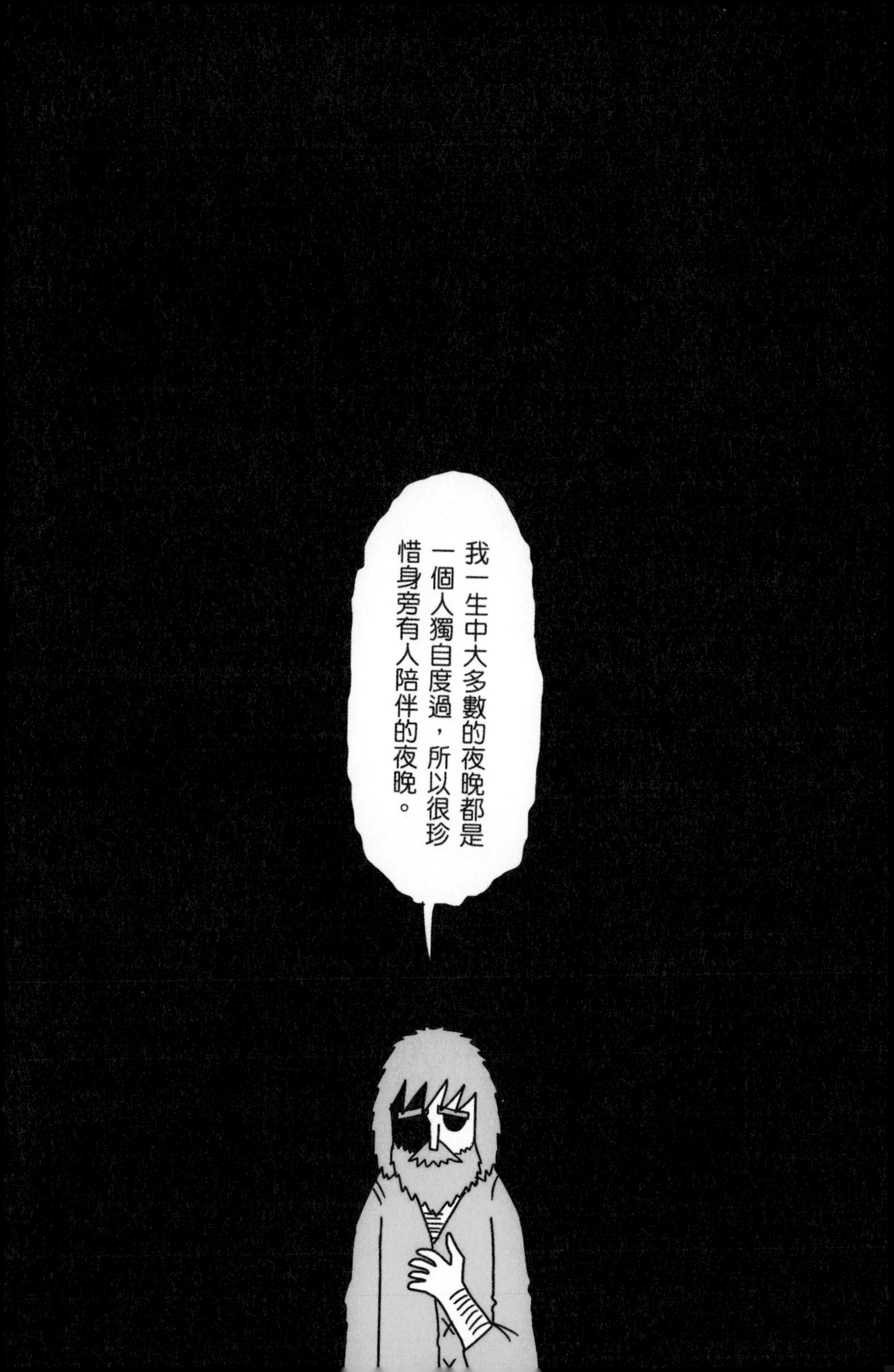
我一生中大多數的夜晚都是一個人獨自度過，所以很珍惜身旁有人陪伴的夜晚。

我們會一直在一起吧？巫師大人！
會啊！不過別叫我巫師大人了！以後叫我沃夫就好了！
沃、沃夫大人！
不用加大人啦！
您的名字就和先民語言的「狼」發音一樣呢！
狼是什麼？
狼是一種古代獸族，牠們看似孤高，其實經常群體行動。
看似孤高卻又合群嗎？不過你對於先民智慧好像還挺了解的耶！
我在「光頭村」裡學到了不少，不過沃夫大人才厲害呢！如此無知卻又能夠活到現在！
真不愧是巫師呢！
你們在聊什麼啊？

蹦出！
一個人睡好無聊喔！我也要來跟你們一起睡啦！
妳在胡說什麼！男女共處一室、還過夜！成何體統！妳難道都不覺得羞恥嗎！
小翠絲佛，妳是想來從我身上找尋父親的溫暖吧？
父、父親？
不要聽他亂講啦！
萊恩，你會對她做出什麼傷天害理的事情嗎？
我才不會！我可是高傲的戰士！戰士啊！

那妳就睡這吧。
好哇！
嗚哇啊啊啊！
一個月後，
會變得如何呢？
嗯……真希望我不會死。
我不會讓您送命的！
對了！你們幾歲啊？
我二十二歲。
跟我一樣呢！

「歲」……又是什麼東西？

哈哈哈！您真是的！

第20話　我們要好好相處喔

不明的雕像：

出現在沃夫和摩提曾經待過的山洞內，
上頭刻著W。

「光頭村」大約就在這個位置。
附近的森林有偵察兵守著，
一有風吹草動，他們會馬上吹號角。
我可以利用我的身分先前去暗殺他們。
但是在村莊洞口外的峭壁上布滿了守衛，
無論如何，到了這一步都一定會被發現。

我想到的方法是，製作出和「光頭村」相同的服裝和帽子，假裝成狩獵完回村的戰士，我知道他們每天出去狩獵的時間，只要抓好時機回去，他們不會馬上懷疑我們。
我們將士兵裝在處理過的獸族屍體中，進村莊後立刻突襲。
如此一來，我們便可以將戰力保留到最後，並且趁他們反應不及、驚慌失措的時候，拿下他們的村莊。
原來如此。
光頭村現在的戰力如何呢？

雖然那幾天，大部分的幹部都會和首領去山的另一頭，但是村莊裡面還是會留守一位幹部，千萬不能小看任何一名幹部。
皮斯村的戰力又如何呢？
剛好待會要出去狩獵，就讓你看看我訓練出來的戰士吧。
求之不得！
獸族就在這附近嗎？
對，來囉。
!!!…
看吧？
妳的能力還真厲害！

站穩你們的腳步！牠要攻擊的時候就對牠的手肘刺擊！攻擊的步調要一致！
這樣的紀律是光頭村所缺乏的，很好！
不過幹部們的力量是足以無視這些紀律的！
但是有你在的話，我想應該是沒有問題的啦！

熱火大人！快來看！
又是這種被毒死的獸族屍體，牙齒也一樣被拔光了！
被毒死的？
這陣子以來，常會發現這種屍體。
但是我也「看」不到是誰做的。
不是帶有猛毒的獸族，就是非常會用毒的人類。
光頭村沒有人會用毒，這點就請你放心吧。
是嗎，總之，我們還是得多加留意，我們的敵人可不只是光頭村而已。

安德，有些話我想私下對你說，
我認為不能相信那個萊恩的話！這樣太危險了！
說不定這都是他設下的陷阱！
但我相信他的眼神是真的！
眼神是真的，話不一定就是真的啊！
總之，我已經決定要相信他了！
你會後悔的，安德。
熱火大人回來了！
士兵們！武器有受損的就先去修復吧！
是！
鏘鏘！

其爾貝是皮斯村中最厲害的鐵匠！
雖然我聽過製鐵，但這是第一次見識到！光頭村的武器都是用獸骨製成的！
皮斯村果然不得了啊！
安德大人！熱火大人！有一群人來到村莊了！
這不是「泰伯村」的辛嗎？
安德先生，我經過思考之後，決定還是要加入您的村莊了！
唔哇！光頭村的人？

別緊張，他是我們這邊的人。
仔細一看，您不就是昨天跟在魔女大人旁的人嗎？
感謝您的那段話啊！
別這樣說，你剛好也可以增加我們這邊的戰力！
戰力？
我們要攻打光頭村。
攻、攻打？請務必讓我了解詳情啊！

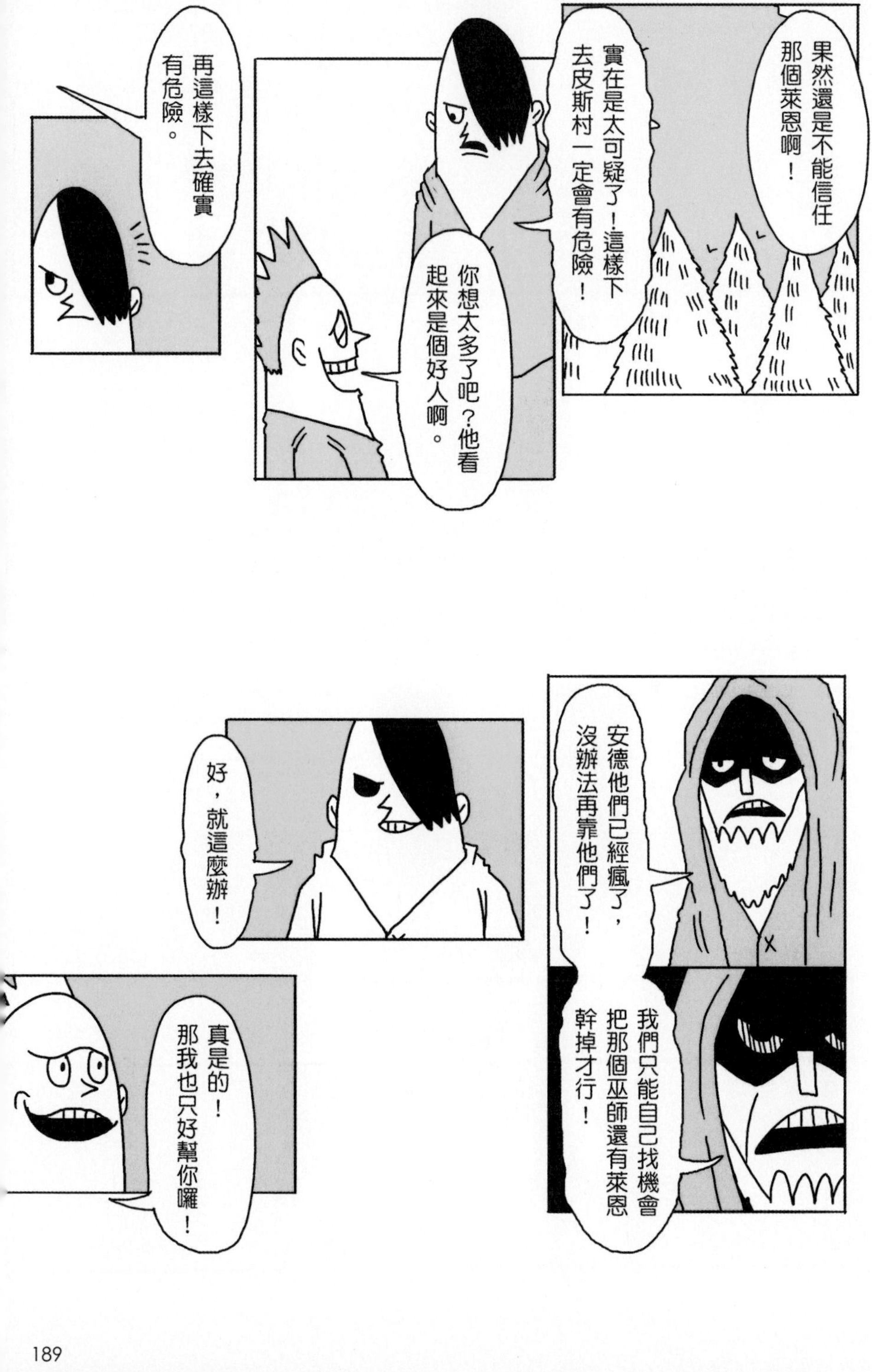
果然還是不能信任那個萊恩啊！
實在是太可疑了！這樣下去皮斯村一定會有危險！
你想太多了吧？他看起來是個好人啊。
再這樣下去確實有危險。
安德他們已經瘋了，沒辦法再靠他們了！
我們只能自己找機會把那個巫師還有萊恩幹掉才行！
好，就這麼辦！
真是的！那我也只好幫你囉！

W 第一集(完)

下集待續

To be continued !

下一集

將訴說魔女的過去與皮斯村的未來……

②

2015下半年，敬請期待！

踏上那條路
這次好不容易通過了一場漫畫演員的面試，我打算拋下一切，去盡力演出每場戲。
就這樣，我離鄉背井，踏上那條名為夢想的不歸路。
什麼？就只演一話？
就這樣，我收拾行李，踏上那條名為回家的路。

W 番外篇♥

森林中的文明人

萊恩！有獸族啊！
快逃啊啊啊！
愚蠢的獸族！你要是敢對我們出手，我們就法院見！看我把你告到全家破產、家破人亡！
牠真的不敢出手了！
萊恩，你好厲害！
文明人要用文明的做法。

森林中的業務員

出現
看到您如此不熟悉這支手機的使用方法，您一定是個手機初學者吧？
不過沒關係，能夠遇到我也算是您的福氣！我是手機門市的業務員！
這是我的名片。

今天依舊要死亡宣言

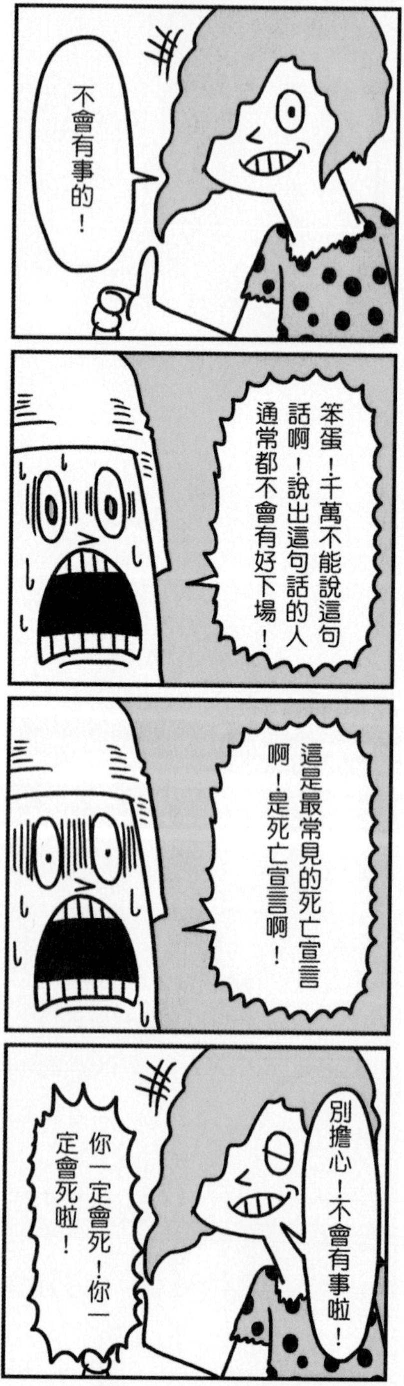

不會有事的！
笨蛋！千萬不能說這句話啊！說出這句話的人通常都不會有好下場！
這是最常見的死亡宣言啊！是死亡宣言啊！
別擔心！不會有事啦！
你一定會死！你一定會死啦！

史、史蓋爾？

……
哈哈哈哈！是客人啊！
看吧，人們總是會逃避那些太過震撼的事實。

湯之巫師

巫師大人，請您品嚐看看吧！
嗯……
這湯頭，甘甜順口中帶點叛逆的溫柔，激昂的韻味中帶有些沉靜的嘶吼。
連喝個湯都可以講出那麼多名堂來！真不塊是巫師啊！

沃夫的糾纏

小翠絲佛～～～～～～
別再來糾纏我了啦！
小翠絲佛真可愛啊！
拜託你也去說說沃夫啦！他一直騷擾我！
我、我也好想一直被沃夫大人騷擾喔！

嘿！快看那個！我記得那是以前歷史課上說的那座塔，沒錯吧？
對，就是那座塔，這可是遺跡啊！來拍個照留念吧！
番外篇　手機
喀擦！
好了，走吧，我們還有正事要做呢！這次可不能讓「賽伯拉斯」大人失望呢！
我知道！這次得要捕捉到更多人類給「賽伯拉斯」大人！
就我所知，離這邊不遠處有一個叫作「皮斯村」的村莊，我們就去那邊兜幾圈看看唄！
好，走吧！我們的時間不多了，明天以前得要回去呢！

捕捉人類嗎……？
嗯？
啊！你們好啊！
真難得啊！能在這片「不毛之地」遇到同族的人！不過我剛剛聽到你們要去捕捉人類，這樣的行為不太好吧？畢竟人類也是有自我意識的動物啊……
哈哈哈！被你聽到啦！哪有什麼不好的？人類不過是最下等的生物啊！
小子！有聽過「賽伯拉斯」大人的名號嗎？我們可是他的屬下！
當然有聽過啊！他可是被稱為「地獄火」的傳奇騎士呢！倒是你們有沒有聽過這片不毛之地上的「巫師」呢？

巫師？
是啊！傳說在這片土地上，有一位會使用強大魔法的人類，他利用魔法擊退了獸族、救了許多人類，你們沒聽過這個傳聞嗎？
哈哈哈哈！強大魔法？擊退獸族？若是在別的地方就算了！但是在這片「不毛之地」上是絕對不可能有這種事情發生的！
哈哈哈！的確啊！在這片「不毛之地」上不可能會有這種事情發生，但是啊，如果那個「巫師」不是人類的話呢？
是不是……
就很合理呢？

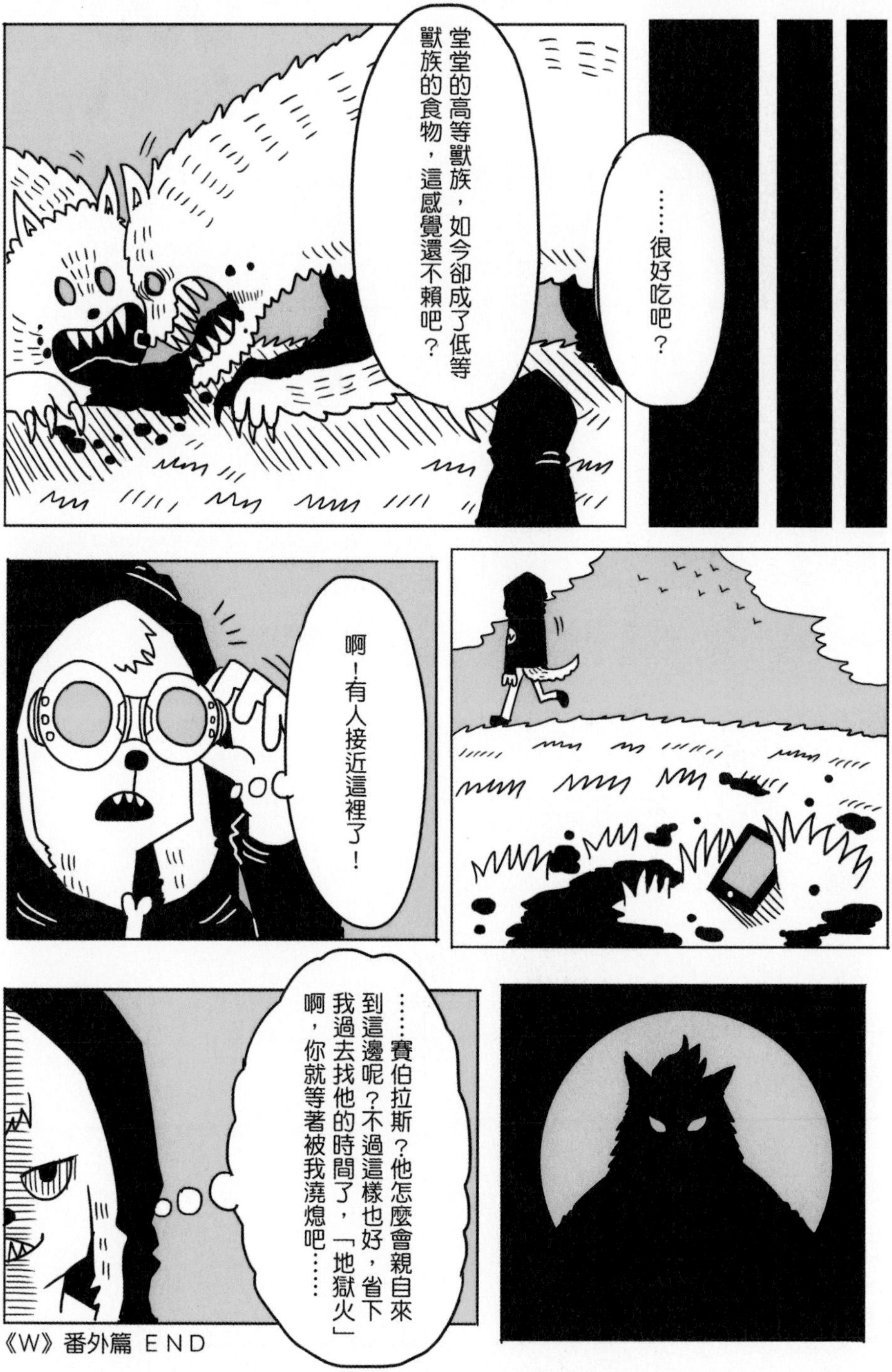
……很好吃吧？
堂堂的高等獸族，如今卻成了低等獸族的食物，這感覺還不賴吧？
啊！有人接近這裡了！
……賽伯拉斯？他怎麼會親自來到這邊呢？不過這樣也好，省下我過去找他的時間了，「地獄火」啊，你就等著被我澆熄吧……

《W》番外篇 END

W

FUN系列　009

①

作　者—黃色書刊
主　編—陳信宏
責任編輯—尹蘊雯
責任企畫—曾睦涵
美編協力—我我設計工作室 wowo.design@gmail.com
董事長
總經理—趙政岷
總編輯—李采洪
出版者—時報文化出版企業股份有限公司
一〇八〇三　臺北市和平西路三段二四〇號三樓
發行專線—（〇二）二三〇六六八四二
讀者服務專線—（〇八〇〇）二三一七〇五・（〇二）二三〇四七一〇三
讀者服務傳真—（〇二）二三〇四六八五八
郵撥—一九三四四七二四　時報文化出版公司
信箱—臺北郵政七九至九九信箱
時報悅讀網—http://www.readingtimes.com.tw
電子郵件信箱—newlife@readingtimes.com.tw
時報愛讀者粉絲團—http://www.facebook.com/readingtimes.2
法律顧問—理律法律事務所陳長文律師、李念祖律師
印　刷—華展印刷有限公司
初版一刷—二〇一五年一月十六日
定　價—新臺幣二六〇元
⊙行政院新聞局局版北市業字第八〇號

國家圖書館出版品預行編目(CIP)資料

W①/黃色書刊 著;
-- 初版. – 臺北市 : 時報文化, 2015.01
面；　公分. -- (FUN ; 009)

ISBN 978-957-13-6174-1（平裝）

855　　103027426

ISBN：978-957-13-6174-1
Printed in Taiwan